리어 왕

리어 왕

윌리엄 셰익스피어 지음 | 한우리 옮김

더클래식

| 등장인물 | 리어(영국의 왕)

거너릴(리어의 큰딸)

리건(리어의 둘째 딸)

코딜리어(리어의 셋째 딸)

올버니 공작(거너릴의 남편)

콘월 공작(리건의 남편)

프랑스 왕

버건디 공작

켄트 백작

글로스터 백작

에드거(글로스터 백작의 아들)

에드먼드(글로스터 백작의 서자)

리어의 광대

오스왈드(거너릴의 집사)

큐런(궁내관)

노인(글로스터 백작의 소작인)

의사

대장

전령들

병사들

리어를 수행하는 기사들

신사들, 병사들, 시종들, 전령들, 하인들

제1막

제1장

리어 왕의 궁전

(켄트, 글로스터, 에드먼드 등장)

켄트 국왕께서는 콘웰 공작보다 올버니 공작을 더 아끼시는 것 같더군요.

글로스터 우리에게도 그렇게 보였습니다. 하지만 이제 왕국의 영토를 분할하려는 지금 국왕께서 어느 공작을 더 총애하고 계시는지 알 수 없게 된 것 같군요. 양쪽의 배분이 똑같아 무게를 달아 소소한 항목을 재어도 우열을 가리기 어려우니 말입니다.

켄트 이 사람은 자제분이 아닙니까?

글로스터 제가 길렀지요. 하나 이 아이를 내 자식이라

할 때마다 부끄러움에 얼굴을 붉히지 않을 수 없었는데, 이제는 그마저도 익숙해져 얼굴을 붉히지 않게 되었습니다.

켄트   무슨 말씀이신지 알아들을 수가 없군요.

글로스터   이 아이의 어미는 잘 알아들었습니다.

하도 잘 알아들어 이 녀석을 배고 배가 점점 불러 오더니, 침상에서 남편을 맞이하기도 전에 요람에서 아이를 맞이하게 되었답니다. 이제 무슨 잘못이 있었는지 아시겠지요?

켄트   이렇게 늠름한 아들을 얻으셨으니, 저라면 그 잘못을 되돌리고 싶지 않을 것 같습니다.

글로스터   그렇지만 제게는 적법하게 낳은 아들이 하나 있거든요.

이놈보다 한 살 더 많습니다. 물론 어느 한쪽을 더 귀히 여기는 것은 아닙니다. 이 녀석은 불러내기도 전에 세상에 나왔지만, 그래도 이 녀석의 어미는 정말 미인이었지요.

이놈을 만드는 동안 즐거웠으니, 서자라도 자식으로 인정을 안 할 수 없지요.

에드먼드야, 이 귀한 어르신이 누구신지 아느냐?

에드먼드 모르겠습니다. 아버님.

글로스터 켄트 경이시다. 내가 존경하는 친구이니 앞으로 잘 모셔야 한다.

에드먼드 앞으로 잘 모시겠습니다.

켄트 나도 자네를 아끼겠네. 앞으로 가깝게 지내도록 하자꾸나.

에드먼드 마음에 드시도록 노력하겠습니다.

글로스터 이 녀석은 지난 구 년간 외국에서 생활해 왔는데, 곧 다시 나갈 겁니다. 아, 국왕께서 나오시는군요.

(나팔 소리, 왕, 콘월, 올버니, 거너릴, 리건, 코딜리어, 시종들 등장)

리어 글로스터, 프랑스 왕과 버건디 공작을 모셔 오게.

글로스터 네, 폐하.

(글로스터와 에드먼드 퇴장)

리어 자, 이제 내가 그동안 마음속에 숨겨 왔던 계획을 말하겠네. 저기 지도를 다오. 과인은 이 왕국을 삼등분하여 나누었으며, 확고한 결의로 모든 근심과 나랏일을 이 늙은 몸에서 떨쳐 버리고, 젊고 힘이 있는 이들에게 나눠 주어, 홀가분한 마음으로 죽을 때까지 느긋이 여생을 보내려 하오.

사위인 콘월 경.

그리고 그에 못지않게 사랑하는 사위 올버니 경.

과인은 딸들에게 나눠 줄 재산을 지금 공개하는바,

미래의 불화를 미연에 방지하고자 한다네.

프랑스 왕과 버건디 공작은 지금 나의 막내딸 코딜리어에게

구혼하는 경쟁자로서 이 궁전에 머물러 있는바, 그들도 이 자리에서 그 대답을 듣게 될 것이오.

말해 보아라, 나의 딸들아! 과인은 이제 이 나라의 통치 및

국토방위와 국정에 대한 부담에서 벗어나고자 하니,

너희들 중 누가 가장 나를 사랑한다 말하겠느냐?

나에 대한 사랑과 효심이 제일 깊은 딸에게 제일 큰 몫을 주겠다.

거너릴, 네가 맏딸이니 먼저 말해 보아라.

거너릴 아버님, 저는 말로는 도저히 표현할 수 없을 만큼

아버님을 사랑합니다.

폐하는 저의 눈보다, 이 넓은 천지보다, 자유보다 더 소중하시며, 값지고 희귀한 그 이떤 깃보다 더욱 귀중하시며,

은총과 건강, 아름다움과 명예로 충만한 목숨만큼 사랑하며, 지금껏 자식이 보여 드린 혹은 아버지가 받은 어떤 사랑보다 더 사랑합니다. 아버님에 대한 사랑으로 저는 숨조차 쉬기가 어렵고 말문이 막힙니다.

제 사랑은 어떠한 수식어로 형언할 수 없을 만큼 큽니다.

코딜리어 (방백) 코딜리어는 뭐라고 말해야 하나?

그저 사랑할 뿐, 침묵해야지.

리어 이 모든 영토 중에서 여기서부터 저기까지, 울창한 숲과 비옥한 들이 있는, 풍성한 강과 넓은 목장이 수없이 펼쳐진 이 땅을 너에게 주겠노라.

이는 너와 올버니의 자손들에게 대대손손 전해질 것이다.

자, 이제 나의 둘째 딸이자 콘웰의 아내,

사랑스러운 리건이 말해 보아라.

리건 아버님, 저도 언니와 꼭 같은 마음이니,

꼭 같은 값어치를 매겨 주십시오.

언니가 이야기하는 사랑은 정말이지 모두 다 제 마음 속에 있습니다.

다만 언니의 말에 부족한 것이 있으니, 저는 가장 섬세한 감각을 가진 인간도 빠져 버릴 수 있는 모든 쾌락을 저버리고, 오로지 아버님을 사랑하는 일에서만 기쁨과 행복을 찾겠습니다.

코딜리어　(방백) 이제 불쌍한 코딜리어 차례로구나!

하지만 꼭 그런 것만은 아냐.

나의 사랑이 나의 말보다 크다는 것을 난 믿으니까!

리어　너와 네 자손에게 이 아름다운 왕국의 비옥한 땅 삼분의 일을 물려주겠다. 이 땅은 넓이로 보나, 가치로 보나, 기쁨으로 보나 거너릴이 받은 것에 못지않다.

자, 이제 가장 어리고 작지만 과인의 기쁨이요,

너의 사랑을 얻고자 프랑스 왕의 포도밭과 버건디 공작의 목장이 서로 경쟁하는 나의 딸, 너는 어떤 말로 언니들의 것보다 더 비옥한 땅을 갖겠느냐. 말해 보아라.

코딜리어　할 말이 없습니다. 폐하.

리어　할 말이 없다고?

코딜리어　할 말이 없습니다.

리어 할 말이 없다면 받을 것도 없을 것이다. 다시 말해
보아라.

코딜리어 불행히도 저는, 제 마음속에 있는 것을 말로
다 할 수 없습니다.

저는 자식 된 도리에 따라 아버님을 사랑합니다.

그 이상도 이하도 아닙니다.

리어 어떻게 이럴 수가, 코딜리어! 말을 좀 고쳐 해 보
아라.

아니라면 네가 받을 재산을 잃게 될 것이다.

코딜리어 훌륭하신 아버님!

아버님은 저를 낳아 주시고, 길러 주시고, 사랑해 주셨
습니다.

그 은혜에 보답하려는 의무를 지고 저는 아버님께 순
종하고, 아버님을 사랑하며, 무엇보다 아버님을 진정
으로 공경하고 있습니다.

언니들은 아버님만을 사랑한다고 말하면서 어째서 남
편을 얻었는지요? 만약 제가 결혼을 한다면 제 맹세를
받는 그분이 제 사랑의 절반을, 그리고 제 관심과 의무
의 절반을 가져가실 겁니다. 아버님만을 사랑하기 위해
서라면, 저는 결코 언니들처럼 결혼하지는 않을 겁니다.

리어 너의 마음이 정말 그러하냐?

코딜리어 네, 훌륭하신 폐하.

리어 그렇게 어리면서, 그렇게 완고할 수가?

코딜리어 어리지만, 폐하, 진실합니다.

리어 좋을 대로 해라. 너의 진실이 너의 지참금이다!
태양의 성스러운 광채, 지옥의 여신 헤카티와 밤의 신,
인간의 생과 사를 관장하는 별들의 모든 운행에 걸고
맹세하건대, 과인은 이 자리에서 저 아이의 아버지로
서의 책임을 모두 부인하겠다.

핏줄도 천륜도. 지금부터 너는 영원히 내게 낯선 사람
이다.

차라리 야만인 스키타이인이나 부모를 먹는다는 식인
종을

가깝게 여기고 동정하며 도와주는 정도로만 한때는 내
딸이었던 너를 대하겠다.

켄트 폐하.

리어 그 입 다물게, 켄트! 용과 그의 분노 사이에 끼어
들지 말라.

나는 저 아이를 누구보다 사랑했고, 저 아이의 다정한
보살핌 속에서 생을 마감하려 했네.

(코딜리어에게) 썩 꺼져라, 내 눈앞에 띄지 마라.

내 무덤만이 내 안식처로구나,

이토록 아비의 마음을 저버리는 딸 앞에선!

프랑스 왕을 불러라! 뭣들 하느냐? 버건디 공작을 불러라!

콘월과 올버니, 내 두 딸의 지참금에 세 번째 땅을 덧붙여 주마.

저 아이는 스스로 진실이라고 부르는 그 오만함과 함께 결혼하라지.

너희 두 사람에게 내 권리와 통치권과 왕위에 따른 모든 효력을 넘겨주겠다. 나는 매달 그대들이 부양하는 백 명의 기사와 함께 그대들의 집에 머물 것이다.

그 증거로, 이 왕관을 나눠 가지도록 해라.

켄트 리어 왕이시여, 제 평생 국왕 폐하를 존경하고,

아버지로서 공경하며, 나의 주인으로 섬겨 왔고,

관대한 후원자로 기도해 왔습니다만,

리어 활은 이미 휘어졌고, 활시위는 당겨졌으니, 본론만 말하라.

켄트 차라리 화살을 제게 쏘십시오. 그 화살이 제 심장을 관통한대도!

이 켄트가 무례한 것은 리어가 미쳤기 때문입니다.

무슨 짓을 하시는 겁니까, 노인이여?

권력이 아첨에 굴복할 때 충신이 말하기를 두려워할
줄 아셨습니까?

군주가 어리석음에 빠졌을 때에는 충신은 직언하는 법
입니다.

폐하의 왕권을 보존하십시오. 그리고 숙고하시어

이 무모하고 경솔한 행동을 멈추십시오.

감히 제 목숨을 걸고 한 말씀드리면,

막내 공주님께서 폐하를 사랑하는 마음이 덜한 것이
아닙니다.

낮은 목소리가 빈 공간을 울리지 못한다 해서

그 마음까지 비어 있는 것은 아닙니다.

리어 켄트, 목숨이 아깝거든, 그 입을 다물게.

켄트 제 목숨은 오로지 폐하의 적과 싸우기 위해 있는
담보에 지나지 않으니, 잃는다 해도 두려울 것이 없습
니다.

폐하의 안전만이 제겐 중요합니다.

리어 내 눈앞에서 당장 꺼져라.

켄트 눈을 뜨고 잘 보십시오. 폐하.

그리고 항상 저를 폐하의 눈동자로 삼으십시오.

리어 아폴로 신에 걸고 맹세컨대—

켄트 아폴로 신에 걸고 맹세컨대, 폐하, 지금의 맹세는 헛된 것입니다.

리어 저런 고약한 놈! (칼에 손을 댄다)

올버니, 콘월 참으십시오, 폐하.

켄트 폐하께서는 지금 의사를 죽이시고, 질병에 상을 내리시는 겁니다.

영토의 상속을 철회하십시오. 그러지 않으시면,

제 목구멍에서 소리가 나오는 한 폐하가 잘못된 일을 하고 계시다고 외쳐 댈 겁니다.

리어 들어라, 이 변절자야! 네가 맹세한 충성심을 걸고 들어라!

네놈은 과인이 한 맹세를 깨도록 부추기지만,

이 몸은 아직까지 그리한 일이 없다.

오만하게도 과인의 말과 행동 사이에 끼어들려 하니,

과인의 천성과 지위로 보아 참을 수 없는 일.

과인의 실권이 어떠한 것인지 똑똑히 알게 해 주마.

세상의 고난을 이겨 낼 수 있도록 채비를 차리도록 해라.

닷새의 말미를 주마. 엿새째 되는 날,
네놈의 꼴도 보기 싫은 등을 돌려 이 왕국을 떠나라.
만일 열흘째 되는 날에도 네놈의 추방된 몸뚱이가
이 영토 안에서 발견될 시에는 즉각 사형에 처하겠다.
꺼져라! 주피터 신에 맹세코 결코 이 명령을 철회하지
않을 것이다.

켄트　폐하의 뜻이 그러하시다면, 안녕히 계십시오.
이제 이곳은 자유란 없고 추방만이 남아 있군요.
(코딜리어에게) 온당하게 말씀하신 공주님께 신의 가호
가 있기를.
(거너릴과 리건에게) 두 분의 호언장담이 행동으로 입
증되고
두 분의 사랑의 말씀에 따라 좋은 결과가 있기를 기원
합니다.
여러 제후들에게도, 켄트는 작별을 고합니다.
새로운 나라에서도 늘 같은 마음으로 살아갈 것입니
다.

(퇴장)

(나팔 소리. 글로스터, 프랑스 왕과 버건디 공작 및 시종들

등장)

글로스터 프랑스 왕과 버건디 공작입니다, 폐하.

리어 버건디 공작, 내 딸을 얻으려 지금껏 프랑스 왕과
경쟁해 오지 않았소.

이제 묻노니 저 아이의 지참금으로 요구하는 금액의
최소한이 어느 정도요? 그 정도가 되지 않으면 구애를
포기하겠소?

버건디 높으신 폐하, 저는 폐하가 내리시는 몫 이상을
바라지 않습니다.

그보다 적게 주실 리도 없으실 테지요.

리어 친애하는 버건디 공작, 내가 저 애를 귀여워했을
때는

그러려 했으나, 이제 저 아이의 가치는 떨어졌소.

저기 그 애가 서 있소. 저 보잘것없는 애의 무언가 또
는 전부가—그 외엔 아무것도 없어도—경의 마음에 든
다면, 저 애는 당신의 것이오.

버건디 뭐라 대답해야 할지 모르겠습니다.

리어 저 애는 결점도 많고 의지할 친구도 없는 데다가
나의 미움까지 받고 있으니, 나의 저주를 지참금으로

삼고

내가 이방인 취급을 하리라 맹세한 저 애라도 좋다면,

데려가시오. 아니면 떠나시겠소?

버건디 용서하십시오, 폐하. 그런 조건으로는 선택할

수 없습니다.

리어 그럼 그만두시오.

국왕의 이름을 걸고 맹세컨대 내가 말한 것이 저 애가

가진 전부요.

(프랑스 왕에게) 친애하는 프랑스 왕, 평소의 우정을 저

버리고 내가 미워하는 아이를 배필로 만들어 드리고

싶지 않구려.

그러니 바라건대 자연이 내린 천륜을 저버리는 저 몹

쓸 년보다는 더 훌륭한 여자에게 사랑을 주도록 하시

오.

프랑스 왕 참으로 이상한 일이군요.

조금 전까지도 지극한 총애의 대상이자,

노년의 낙이며, 가장 훌륭하고 소중했던 그분이

이처럼 눈 깜빡할 사이에 그 어떤 엄청난 죄를 저질러

록 겹겹의 총애를 잃었단 말입니까.

죄가 아주 사악하고 끔찍한 것이 분명한가 봅

니다.

아니라면, 앞서 맹세하신 폐하의 애정이 식은 것이겠
지요.

그러나 그 같은 죄를 공주님이 저질렀다고 믿기에는
기적이 아니고서야 이성으로는 믿기 어려운 일입니다.

코딜리어 (리어 왕에게) 폐하께 간청드리오니―

소녀가 마음을 먹으면 말이 아닌 행동을 먼저 하며,
마음에 없는 말을 매끄럽고 번지르르하게 하는 재주가
없기 때문이라면, 그렇다면, 이것만은 말씀해 주세요.
제가 아버님의 총애를 잃은 것은 제가 저지른 품행의
오점이나 살인, 정숙하지 못한 행동 또는 명예롭지 못
한 몸가짐 때문이 아니라, 그저 없는 것이 더 나을 어
떤 점이 부족했기 때문이라는 것을요.

저는 애걸하는 눈과 혀를 갖지 못한 것이 언제나 자랑
스럽습니다.

비록 그것이 없어 아버님의 마음을 잃긴 했으나.

리어 차라리 너는 태어나지 않는 것이 좋았겠구나.

이렇게 나를 불쾌하게 만드니.

프랑스 왕 단지 그 이유 때문입니까?

마음으로 하고자 하는 일을 입에 올리지 않은 그 과묵

함 때문이란 말입니까? 버건디 공작, 공작은 공주님을 어떻게 생각하십니까?

사랑이 그 본질을 떠난 문제들과 뒤얽힌다면, 그것은 더 이상 사랑이 아니지요. 공주를 받아들이시 겠소?

공주는 그녀 자체가 지참금이오.

버건디 국왕 폐하, 폐하께서 약속하신 몫만이라도 주십 시오.

그러면 이 자리에서 코딜리어의 손을 잡고 버건디 공 작의 부인으로 선포하겠습니다.

리어 아무것도 줄 수 없소.

과인은 이미 맹세를 했고, 내 결심은 확고하오!

버건디 (코딜리어에게) 그러면 유감이오나

아버님을 잃으신 공주님은 남편감도 잃으셨습니다.

코딜리어 버건디 공작은 걱정하지 마십시오.

지위와 부를 사랑하는 분이라면, 전 그런 분의 아내가 되지 않겠습니다.

프랑스 왕 가장 아름다운 코딜리어, 공주는 가난하나 부유하고, 버림을 받았으나 가장 소중한 사람이 멸을 받으나 동시에 가장 사랑받는 사람이니 그대의 미덕을 이제 내가 붙잡겠소. 버려진 것을 취했으니 법에 어긋나지도 않소.

신들이시여! 저들의 냉대가 오히려 내 사랑의 불꽃을 이토록 존경으로 활활 타오르게 하니 기이한 일입니다.

폐하, 우연히 제게 던져진 그대의 지참금도 없는 딸이 이제부터 저의 아내이자 프랑스의 왕비입니다.

버건디 공작 같은 사람들이 떼도 몰려도 이 소중한 여인을

내게서 사 갈 수는 없을 거요.

코딜리어, 매정한 저들에게 작별 인사를 하시오.

이곳을 떠나지만 더 나은 곳을 알게 될 것이오.

리어 당신은 그 애를 가지시오. 프랑스 왕.

그 애는 이제 당신의 것이오. 내게는 그런 딸이 없으니, 다시는 그 얼굴을 볼 일도 없을 것이오.

그러니 물러가시오. 은총도, 애정도, 축복도 바라지 말고.

자, 갑시다. 버건디 공작.

(나팔 소리, 리어, 버건디, 콘웰, 올버니, 글로스터와 시종들 퇴장)

프랑스 왕 언니들에게 작별 인사를 하시오.

25

코딜리어 아버님의 보석이신 언니들,

　눈물 어린 눈으로 코딜리어는 작별 인사를 드립니다.

　언니들의 됨됨이를 잘 알지만, 동생으로서 차마

　그 결점들을 꼬집어 말씀드리고 싶진 않군요.

　부디 아버지를 잘 보살펴 주세요. 언니들이 공언하신

　그 사랑을 믿고 아버님을 맡깁니다.

　오, 아직도 제가 아버님의 사랑을 받고 있다면 더 좋은

　곳으로 모실 텐데. 두 언니들, 안녕히 계세요.

리건 우리가 할 일을 지시하지 마.

거너릴 네 남편이나 잘 모셔라.

　운명의 여신의 자비로 너를 거둬 주셨으니.

　너는 순종할 줄 모르니 모든 것을 빼앗기는 것이 마

　땅해.

코딜리어 시간이 지나면 계략은 탄로 나고,

　감춰진 허물은 드러나 조롱당할 겁니다.

　부디 두 분에게 좋은 일이 있으시기를!

프랑스 왕 자, 갑시다. 나의 아름다운 코딜리어.

(프랑스 왕과 코딜리어 퇴장)

거너릴 동생, 우리 둘 모두에게 관련된 중요한 이야기

　들이 적지 않구나.

아버지께선 오늘 밤 이곳을 떠나실 거야.

리건 그러시겠지. 오늘은 언니와 함께 가고,

다음 달엔 우리에게로 오시겠지.

거너릴 늙은이의 변덕이 얼마나 심한지 방금 보지 않

았니.

지금까지 우리가 봐 온 것만 해도 그래.

항상 막내를 가장 사랑하시더니, 무슨 망령이 드셨는지

저렇게 내쫓는 것 좀 봐.

리건 나이 드셔서 망령이 든 거지. 하긴 아버지야,

원래 언제나 자기 자신에 대해 잘 모르시는 분이셨어.

거너릴 가장 왕성하고 건강하던 시절에도 아버지는 늘

경솔하셨어.

그러니 이제 늙은 아버지에게 받을 것이라곤 고질적인

성격적 결함에 더해진 병약하고 성미 사나운 노인의

외고집뿐이라고.

리건 아까 켄트를 내쫓으실 때처럼

발작적인 행동을 우리에게 하실지도 모르지.

거너릴 아버지와 프랑스 왕은 아직도 공식적인 작별 인

사 중이실 거야.

우리는 같이 대비를 하자꾸나.

만약 아버지께서 평소에 하시던 대로 권력을 휘두르려 하신다면, 방금 받은 상속이 우리를 괴롭히게 될 거야.

리건   앞으로 신중히 생각해 봐요.

거너릴   늦기 전에 뭔가 조치를 취해야 돼.

(리건과 거너릴 퇴장)

제2장

글로스터 백작의 성

(에드먼드 등장)

에드먼드 자연이여, 그대는 나의 여신,

이 몸은 그대의 법칙만을 따르겠다. 그런데 어찌하여 나는

관습이라는 병폐의 제물이 되어, 나의 상속을 가로막는

국법을 참아야 한단 말인가?

그것도 형보다 열두어 달 더 늦게 나왔다는 이유만으로?

서자라서? 비천한 출신이라?

내 육체는 균형이 잡혀 있고 정신은 신사처럼 고상하니,

정실부인 소생에 견주어도 전혀 손색이 없는데도?

누가 나를 천하다 말하는가? 천하다니? 천출이라니?

천하고 천하다니?

자연의 욕망을 은밀히, 격렬히 즐기다 만들어진 내가 오히려

지루하고, 맥 빠지고, 싫증난 침대 속에서

잠결에 잉태된 멍청한 족속에 비해 더 낫지 않은가?

그러니 적자인 에드거 형. 형의 재산은 내가 차지해야 겠어.

아버지의 사랑은 서자인 나에게나 적자에게나 같다.

적자는 멋진 말이지! 나의 적자님,

이 편지가 성공을 거두고 나의 뜻이 이루어진다면,

서자 에드먼드가 적자 에드거 위에 올라설 것이다.

나는 가지를 뻗고 번성할 것이야.

자, 신이시여! 서자들을 위해 일어나소서!

(글로스터 등장)

글로스터 켄트가 그렇게 추방되다니? 프랑스 왕도 분
개하여 떠나고?

전하께서도 오늘 밤에 가 버리신다니? 대권을 이양하
시고

명목상 왕이 되시다니? 이 모든 일이 이리 급히 이뤄
지다니?

에드먼드야, 웬 일이냐? 무슨 소식이냐?

에드먼드   아닙니다, 아버님. 아무것도 아닙니다.

글로스터   왜 황급히 그 편지를 감추는 게냐?

에드먼드   아무것도 아닙니다. 아버님

글로스터   읽고 있던 것이 무엇이냐?

에드먼드   아무것도 아닙니다, 아버님.

글로스터   아니라? 그렇다면 무엇 때문에

그토록 급히 주머니에 숨기느냐?

아무것도 아니라면 굳이 감출 필요가 없지 않느냐.

어디 보자! 자! 아무것도 아니라면 내가 안경을 낄 필
요도 없겠지.

에드먼드   제발, 아버님, 용서해 주십시오.

형님에게 온 편지인데, 저도 아직 다 읽진 못했습니다.

이미 읽었던 부분까지만 해도 아버님이 보시기엔

적절하지 않은 듯싶습니다.

글로스터   그 편지를 이리 내놓아라.

에드먼드   제가 드려도, 드리지 않아도 화를 내실 겁니다.

그 내용이, 일부만 읽은 바로는 화를 돋울 만한 내용입니다.

글로스터   어디 보자. 어서.

에드먼드   형님을 두둔하는 것은 아닙니다만,

이 편지는 제 마음가짐을 시험하기 위해서 쓴 것이 아닐까 싶습니다.

글로스터   (읽는다) "노인을 공경하는 지금의 정책이야말로

젊은 우리의 한창때를 비참하게 만들고,

우리가 늙어 즐길 수 없을 때까지 상속받을 재산을 묶어 놓고 있다. 우리가 이렇게 늙은 아버지의 횡포에 시달리는 이유는 우리가 나태하고 어리석기 때문이야.

노인의 지배는 그들이 힘이 있어서가 아니라

우리가 그렇게 하도록 내버려 두고 있기 때문이다.

나를 찾아와 함께 이 문제에 대해 더 논의해 보도록 하자.

내가 깨울 때까지 우리의 아버지가 잠들어 계시기만 한다면, 아버지 재산의 절반은 영원히 너의 것이 될

것이고,

너는 영원히 형의 사랑을 받게 될 것이다. 에드거.”

흠! 음모인가? “내가 깨울 때까지 아버지가 잠들어 계

시기만 한다면, 아버지 재산의 절반은 영원히 너의 것

이 될 것이다”라니.

내 아들 에드거가? 그의 손으로 쓰인 것인가?

그놈이 이런 생각이 자라날 마음과 심장을 가졌던가?

언제 이것을 받았느냐? 누가 가져왔던가?

에드먼드   누가 가져온 것이 아닙니다. 아버님.

그것이 묘한 것이, 제 방 창틀에 올려져 있었습니다.

글로스터   형의 글씨체인 것은 알아보겠느냐?

에드먼드   좋은 내용이라면, 아버님, 서슴지 않고

형님의 글씨체라 말하겠으나,

내용을 보아 형의 것이 아니라 여기고 싶습니다.

글로스터   이것은 네 형의 글씨다!

에드먼드   형의 글씨체는 맞지만, 아버님,

형의 마음은 이 편지와는 다를 것입니다.

글로스터   이 문제로 너를 떠본 일은 없는가?

에드먼드   없었습니다. 아버님, 하지만.

아들이 성년이 되고, 아버지가 노쇠하게 되면,

아버지는 아들의 보호를 받아야 하고

아들이 아버지 재산을 관리해야 마땅하다는 소리는

여러 차례 들었습니다.

글로스터 오, 그 괘씸한, 괘씸한 놈!

편지에 쓰인 것이 그놈의 생각이구나! 더러운 악당 같

은 놈!

자연에 어긋나고 무도하여 소름이 끼치는구나! 짐승

같은 놈!

짐승만도 못한 놈! 가서 그놈을 찾아오너라. 그놈을 붙

잡아야겠다. 가증스러운 놈! 그놈은 어디에 있느냐!

에드먼드 잘 모르겠습니다. 그러나 아버님께서 노여움

을 참으시고 형의 의도를 확실히 보여 줄 증거를 찾고

자 하신다면,

이 일을 확실하게 처리하실 수 있으실 겁니다.

그러시지 않고 형의 뜻을 오해하시고 함부로 형을 다

루시면

아버님의 명예에도 큰 흠이 생길 뿐 아니라

형님의 효심도 사라지게 할 것이니,

저의 목숨을 걸고 감히 말씀드리건대, 형의 편지는

아버님을 행한 저의 애정을 시험하고자 쓴 것이지,

다른 속셈이 있어 쓴 것은 아니라고 생각합니다.

글로스터 그렇게 생각하느냐?

에드먼드 괜찮으시면, 자리를 마련해 제가 형과 함께
이 문제에 관해 상의할 때 아버님께서 들으시고
귀를 통해 확인하실 수 있도록 하겠습니다.
그것도 지체할 것 없이 바로 오늘 밤에 말입니다.

글로스터 그놈이 이런 배은망덕한 놈이 되다니!

에드먼드 그럴 리가 없습니다.

글로스터 그토록 다정하게 정을 쏟던 아비에게. 이럴
수가.
하늘이여, 땅이여! 에드먼드, 그놈을 찾아내라.
그놈을 압박해 봐라. 부탁이다. 네 판단에 따라 일을
꾸며 보아라.
내 지위와 재산을 내걸고서라도 이 일의 진상을 밝히
겠다.

에드먼드 신속히 찾아보겠습니다.
형님을 만나 방법을 찾는 대로 일을 처리하고
아버님께 알려 드리겠습니다.

글로스터 최근의 일식과 월식은 우리에게 좋지 않은 징
조였던 게야.

과학은 이러저러 설명을 하겠지만, 인간 세계는 그에 따라 재앙을 입기 마련이다. 사랑은 식고, 우정은 깨지고, 형제는 갈라서니, 도시에는 폭동이, 시골에는 불화가, 궁중에는 반역이 일고, 부자간의 연도 끊어진다. 내 못된 자식이 그 같은 징조에 따라 나타났으니. 아들이 아비를 거역하다니.

왕이 천륜을 거스르고, 자식을 적대하는 아버지라니.

우리의 좋은 시절은 다 갔다.

음모, 공허, 배신과 모든 파괴적인 불화만이 무덤까지 우리 뒤를 따를 게야. 이 악당 놈을 찾아오너라.

에드먼드, 네게는 아무 일도 없을 테니.

신중하게 움직여라. 고결하고 충직하던 켄트가 추방당하다니!

그의 죄라면 정직함뿐인데! 이상한 일이다.

(퇴장)

에드먼드   이것이야말로 기막히게 어리석은 세상이다.

우리가 불행에 처하면,

흔히 우리의 행동이 그 원인인데도, 그 재앙을 해와 달,

별의 탓으로 돌리니. 마치 우리가 필연에 의해 나쁜 놈

이 되고, 하늘의 뜻에 따라 바보가 되며,
별들에 의해 악당, 도둑, 반역자가 되고, 행성의 운행에
복종해 주정뱅이, 거짓말쟁이, 난봉꾼이 되기라도 한
다는 듯이 말이다.
다 하늘의 탓이라 이거지. 내 아버지가 용의 자리인 별
들 아래에서 어머니와 함께 뒹굴었고 내가 큰곰자리
별 아래에서 태어났기에 이렇게 난폭하고 음탕하다는
거지. 흥.
내가 태어날 때 아무리 순결한 처녀별이 반짝였대도,
나는 지금의 내 모습 그대로 여전했을 것이다.

(에드거 등장)

때마침 그가 오는군. 마치 희극의 결말처럼.
나의 역할은 우울한 표정으로 미친 거지 톰처럼 한숨
을 쉬는 데서 시작하지. 오, 이번 일식과 월식은 이 모
든 불화의 전조였구나.
파, 솔, 라, 미.

에드거 무슨 일이냐, 에드먼드. 뭘 그리 심각하게 생각
하고 있어?

에드먼드 일전에 읽은, 이번에 일어난 일식과 월식에 관해
언급한 예언서에 대해 생각하던 중입니다. 형님.

에드거 왜 그런 생각에 몰두하고 있느냐?

에드먼드 생각건대, 불행하게도 그 예언서에 쓰인 일이
계속해서 일어나고 있기 때문입니다.
부모 자식 간의 불화, 죽음, 기근, 오랜 우정의 붕괴, 나
라의 분열, 왕과 귀족에 대한 위협과 저주, 근거 없는
불신, 친구의 추방, 군대의 해산, 파혼, 그 밖에 여러 가
지 일들이요.

에드거 언제부터 네가 점성술의 신봉자가 되었느냐.

에드먼드 아버지를 마지막으로 만난 것이 언제였어요?

에드거 지난밤이었지.

에드먼드 얘기를 나누셨나요?

에드거 그래, 두 시간가량.

에드먼드 기분 좋게 헤어지셨나요?
아버지의 말씀이나 안색에 화난 기색은 없으셨고요?

에드거 전혀 그런 기색은 없으셨는데.

에드먼드 혹시 무슨 일로 아버님의 기분을 상하게 하지
않았는지 잘 생각해 보세요.

그리고 간청하니, 아버님의 노여움이 수그러들 때까지
조금만 참으시고 곁에 가까이 가지 않도록 하세요.
지금은 하도 노기가 등등하시니 형님께 해를 끼치는
것에
그치지 않으실 듯합니다.

에드거 어떤 악당 같은 놈이 날 모략했구나.

에드먼드 저도 그리 염려하고 있었습니다. 제발,
아버님의 노여움이 가라앉을 때까지 꾹 참고 계세요.
괜찮으시면, 제 숙소에서 지내시면서 적당한 때에
아버님이 말씀하시는 것을 엿들을 수 있도록 해 드릴
게요.
자, 어서 가세요. 여기 제 방의 열쇠입니다.
혹 외출을 하실 때에는 무기를 들고 다니세요.

에드거 무기를 들고 다니라니?

에드먼드 네, 저는 형님을 위해서 말씀드리는 겁니다.
형님에 대해 긍정적으로 보는 사람이 한 명이라도 있
다면
제가 거짓말쟁이죠. 제가 말씀드린 것은 제가 어렴풋이
보고 들은 것뿐, 진상은 끔찍하여 도무지 말씀드릴 정
도가 아닙니다.

자, 어서 가세요!

에드거 곧 소식을 보내 줄 거지?

에드먼드 형님 일은 제게 맡겨 주세요.

(에드거 퇴장)

잘 속는 아버지에 곱게 자란 형님이라.

천성이 남에게 해를 끼칠 줄 모르니 의심할 줄도 모르는구나.

그 어리석은 정직은 내 계획의 순풍에 돛을 다는 격이다!

이제 할 일은 분명해졌다. 태생 때문에 재산을 차지하지 못한다면, 지략으로 차지할 테다.

목적에 부합한다면 무엇이든 정당화할 수 있어.

(퇴장)

제3장

올버니 공작의 성

(거너릴과 집사 오스왈드 등장)

거너릴 아버지의 광대를 꾸짖었다는 이유로
  내 가신들을 때리셨다는 거냐?

오스왈드 그렇습니다, 마님.

거너릴 밤낮으로 내 속을 썩이시는구나.
  매 시간 이런저런 어처구니없는 소동들을 연달아 일으
  키시니 집 안이 온통 아수라장이야. 더는 참을 수 없어!
  아버지의 기사들은 난폭하게 날뛰고,
  아버지는 사사건건 우리를 나무라시니.
  사냥에서 돌아오시기만 해 봐, 내 상대도 하지 않을

테니.

아버지께는 내가 몸이 아파 누웠다고 전해라.

자네도 이제부턴 소홀히 대접해 드려도 괜찮네.

잘못이 있다면 내가 책임지지.

(나팔 소리)

오스왈드 돌아오시는 모양입니다. 나팔 소리가 들립니다.

거너릴 지쳐서 태만한 태도로 응대해 드리게. 자네도 다른 하인도.

시비를 거시면 그걸 빌미로 삼을 테니까.

그게 못마땅하시면 동생에게 가시겠지.

내 맘이나 그 애 맘이나 똑같을걸.

맘대로 휘두르게 두진 않을 거란 말이야. 노망난 늙은이 같으니라고.

아직도 넘겨 버린 권력을 휘두르려 하시다니!

정말이지, 늙은 바보들은 도로 갓난애가 되어 버린다니까.

그러니 비위를 맞출 게 아니라 벌로 다스려야 돼.

내 말 잘 기억해 둬라.

오스왈드 네, 마님.

거너릴 그리고 아버님의 기사들한테도 더 냉담하게 대하도록.

그로 인해 무슨 일이 생겨도 상관없으니. 동료들에게
도 전해 두게.

그걸 구실 삼아 속내를 내보일 테니까. 아니 그렇게 하
고 말겠어.

동생에게 곧장 편지를 써서 나와 같은 행동을 취하게
해야겠다.

저녁을 준비해라.

(모두 퇴장)

제4장

올버니 공작의 성

(변장한 켄트 등장)

켄트 여기에 다른 사람의 말투를 빌려 말씨까지 감춘
다면,
내 목적을 성취할 수 있을 테지. 자, 추방당한 켄트여.
네게 저주를 내린 그분을 다시 섬길 수 있다면,
주인께선 언젠간 이 충정 어린 노고를 인정해 주실
게다.

(나팔 소리, 리어와 그의 기사들 등장)

리어 지체하지 말고 저녁을 대령해라!

빨리 준비하라고 전하게.

(시종 한 명 퇴장)

이건 뭐냐, 너는 누구냐?

켄트 사람입니다. 폐하.

리어 뭘 하는 사람이냐? 내게 어떤 볼일이 있어 왔느냐?

켄트 보시는 바와 같이, 저를 믿어 주시는 분께는 충직하게 봉사하고 정직한 분을 사랑하며 지혜롭고 말수가 적은 분과 사귀며, 하늘의 심판을 두려워하지 않고 어쩔 수 없을 경우에만 싸우고, 생선은 먹지 않는 그런 사람입니다.

리어 대체 뭐 하는 놈이냐?

켄트 매우 정직하고 왕처럼 가난한 사람입니다.

리어 왕에 비해 신하가 가난한 만큼, 네가 신하에 비해 가난하다면 너는 매우 가난한 자로구나. 그래, 무엇을 원하느냐?

켄트 섬기는 일입니다.

리어 누구를 섬기고 싶으냐?

켄트 당신입니다.

리어 네놈이 나를 아느냐?

켄트 모릅니다. 그러나 당신의 풍모에는
제가 기꺼이 주군으로 모시고 싶은 데가 있습니다.

리어 그것이 무엇이냐?

켄트 위엄입니다.

리어 무슨 일을 할 줄 아느냐?

켄트 충언을 드릴 수 있고, 말을 타거나 달리거나, 복잡
한 이야기는 엉망으로 만들겠지만, 단순한 전갈은 있
는 그대로 전달할 수 있습니다.
평범한 사람들이 할 수 있는 일이 제게 적합합니다.
저의 가장 큰 장점은 부지런하다는 점이지요.

리어 몇 살이나 되었느냐?

켄트 노래를 잘 부른다고 여자에게 반할 만큼 젊지도
않고,
그렇다고 아무 이유나 대고 여자에게 빠질 만큼 늙지
도 않았습니다.
제 등에 마흔 여덟의 세월을 지고 있지요.

리어 따라오너라. 시중을 들게 해 주마.
저녁 식사가 끝나고 나서도 계속 마음에 든다면 말
이야.
아직은 너를 쫓아내지 않으마.

저녁 식사는 어떻게 된 거냐? 저녁 식사! 내 광대는?

이놈은 어디에 있느냐, 가서 광대를 불러오너라.

(시종 한 사람 퇴장)

(오스왈드 등장)

여봐라, 내 딸은 어디에 있느냐?

오스왈드 글쎄요. (퇴장)

리어 저놈이 뭐라는 거냐? 가서 저놈을 다시 불러와라.

(기사 한 명 퇴장)

내 광대는 어디에 있느냐? 세상이 온통 잠이 든 것 같구나!

(기사 다시 등장)

어찌 된 거냐, 그 종놈은 어디 있느냐?

기사 폐하, 그자의 말이 따님께서 몸이 편찮으시다고 합니다.

리어 내가 불렀는데도 그 종놈은 왜 오지 않은 게냐?

기사 그자는 아주 무례한 태도로 오지 않겠다고 대답했습니다.

리어 오지 않겠다고?

기사 네, 폐하. 어찌된 영문인지는 모르겠사오나 제 판
단으로는, 요즘 예전에 받으시던 존경과 호의를 받지
못하고 계신 것 같습니다.
폐하의 따님과 공작뿐 아니라 이 댁의 시종 전체가 다
친절함이 크게 줄어든 듯싶습니다.

리어 허! 그렇게 생각하는가?

기사 제가 잘못 생각했다면, 폐하, 용서하십시오.
저는 다만 폐하께서 부당한 대접을 받고 계시다 생각
되어 제 의무를 다한 것뿐입니다.

리어 아니다. 너는 내가 생각하던 바를 상기시켜 주었
을 뿐이다.
나도 요즘 들어 대접이 소홀해짐을 느끼고 있었으나,
그것이
어떤 의도나 목적에서 나온 것이 아니라 그저 내가 까
다롭고
의심이 많은 탓이라 생각해 왔지. 좀 더 자세히 따져
보아야겠네.
그런데 내 광대는 어디를 갔느냐?

이틀 동안이나 보지 못했구나.

기사 막내 공주님께서 프랑스로 떠나신 후로

광대가 무척 상심하고 있는 줄로 압니다.

리어 그 얘기는 이제 그만두게. 나도 잘 알고 있으니.

넌 가서 내 딸에게 내가 할 말이 있다고 전하라.

(기사 한 사람 퇴장)

너는 가서 내 어릿광대를 데려오너라.

(시종 한 사람 퇴장)

(오스왈드 등장)

오, 너, 너 이놈, 이리 와 보아라. 내가 누구더냐?

오스왈드 주인마님의 아버지시죠.

리어 '마님의 아버지'라, 이런 썩을 종놈 같으니!

이 후레자식! 거지 같고 똥개 같은 놈이!

오스왈드 실례지만, 나리, 저는 그런 놈이 아니옵니다.

리어 네놈이 감히 나를 노려보아? 이 불한당 같은 놈!

(오스왈드를 때린다)

오스왈드 가만히 맞고만 있진 않겠습니다. 폐하.

(켄트가 나와 그의 발을 걸어 넘어뜨린다)

켄트　그럼 이렇게 걸려 넘어지고만 있지도 않겠지.

　이 천한 공놀이 선수야!

리어　고맙네, 내 시중을 잘 드니 앞으로 자넬 아끼겠네.

켄트　(오스왈드에게) 자, 일어나 썩 꺼져라!

　신분의 차를 좀 더 가르쳐 주랴?

　네 둔한 몸의 길이를 재어 보고 싶으면 계속 누워 있든

　지, 아니라면 빨리 꺼져!

　자, 어서, 네놈이 제정신 박힌 놈이냐?

(그를 밀어 내보낸다)

리어　암, 그래야지.

　좋아. 마음에 드는군. 고맙네.

　여기 너의 노고에 대한 사례금을 주지.

(켄트에게 돈을 준다)

(어릿광대 등장)

광대　어디 나도 그 친구 좀 써먹어 봅시다.

자, 이 광대 모자를 받아라. (켄트에게 모자를 준다)

리어　아니, 그래. 요 꼬마야. 어찌 된 것이냐?

광대　내 모자를 잘 모셔라.

켄트　왜, 광대야?

광대 왜냐니? 눈 밖에 난 사람 편을 드니 그렇지.

바람이 부는 대로 가지 않으면 감기에 걸리니 십상이니.

여기, 내 모자나 받아라! 여기 있는 양반은 딸을 둘이나

내쫓고 셋째에게는 마음에도 없는 축복을 내렸거든.

저 양반을 쫓아다니려면 이 광대 모자가 꼭 필요하다

이 말씀이야.

어때요, 아저씨? 나에게도 광대 모자가 둘이고,

딸도 둘이 있으면 좋으련만!

리어 그건 왜냐, 꼬마야.

광대 재산을 모두 딸들에게 주어도,

이 광대 모자만은 내가 가질 수 있으니까요!

이건 내 것이니, 당신 딸에게 가서 하나 더 얻어 보시

지.

리어 이놈, 조심해라. 매를 맞고 싶지 않으면.

광대 진실은 개와 같으니 개집으로 가야 해.

그놈은 언제나 매만 맞고 쫓겨나니까.

암캐 마님은 난롯가에서 냄새나 풍기는데 말이야.

리어 염병할, 아픈 곳만 쿡쿡 찌르는구나!

광대 한마디 가르쳐 드릴까요?

리어 해 봐라.

광대 잘 들어 봐요, 아저씨.

가진 것을 다 보여 주지 말고

아는 것을 다 말하지 말고

가진 것을 다 빌려 주지 말고

걷는 것보다는 말을 타며

듣는 말은 다 믿지 말고

내기에는 다 걸지 말며

술과 계집은 뒤로하고

집 안에만 머무르면

열의 두 곱인 스물이 넘는

이득을 볼 수 있을 거야.

켄트 쓸데없는 소리구나, 광대야.

광대 그렇담 이건 변호사의 무료 변론 같은 거지.

그 대가로 나한텐 아무것도 안 오니.

아무것도 없는 것을 이용하지 않을 수 있을까요, 아저씨?

리어 아니, 없지. 꼬마야. 아무것도 없는 것에선

아무것도 생기지 않는 법이니.

광대 (켄트에게) 대신 말해 줘.

자기 땅에서 나오는 소작료도 그 모양이 되었다고.

저 아저씨는 광대의 말은 듣질 않으니 말이야.

리어   광대의 말이 몹시 쓰구나!

광대   이봐요, 쓴 말을 하는 광대와 달콤한 말을 하는 광
대의

차이를 알아요?

리어   모른다. 가르쳐 다오.

광대   당신에게 땅을 내어 주라고 조언한 그분을

여기 내 옆에 데려와 봐요.

그 사람 역을 당신이 해.

쓴 말을 하는 광대와 달콤한 말을 하는 광대가

그 즉시 나타날 테니까.

광대 옷을 입은 놈이 여기,

또 다른 놈은 저기에 있구먼.

리어   그럼, 이놈아, 내가 바보라는 거냐?

광대   다른 이름은 다 주어 버렸지만, 그것만은 타고 태
어난 거니까요.

켄트   이자가 전적으로 바보 광대는 아니군요, 폐하.

광대   아니지. 고귀하고 지체 높으신 분들이

나 혼자 바보짓하게 두진 않을걸.

내가 독차지하려 들면, 제 발로 나서서 바보짓에 끼어

드신단 말이야.

아저씨, 계란 하나만 줘요. 그럼 내가 왕관 두 개를 줄
게요.

리어   어떤 왕관이 둘이란 말이냐?

광대   계란을 반으로 나눠 속을 먹으면,

두 개의 계란 껍데기 왕관이 남지요.

당신이 왕관을 둘로 쪼개 나눠줬으니,

타야 할 나귀를 등에 지고 걷는 셈이죠.

황금 왕관을 건네줄 때 당신의 대머리 속에 지혜란 게

없었나 보지.

내가 하는 말이 바보의 말로 들린다면

그 생각을 한 사람이 먼저 매를 맞아야 해.

(노래한다)

광대들이 설 자리가 없다네.

똑똑한 것들이 바보가 되고

가진 지혜를 쓸 줄 모르니

그들이 하는 짓이라곤 바보 흉내뿐이라.

리어   언제부터 그렇게 많은 노래를 부를 줄 알았느냐?

광대   아저씨. 당신이 딸들을 어머니로 삼았을 때부터
연습해 두었죠.

당신이 딸들에게 회초리를 주고 바지를 내렸으니까.

(노래한다)

그래 그들은 놀라 기뻐 울었고

나는 슬퍼하며 울었으니

왕이란 작자가 술래잡기나 하면서

바보와 함께 어울려 있으니.

(노래를 멈추고)

아저씨, 제발, 이 바보에게 거짓말을 가르쳐 줄 선생

하나만

붙여 줘요. 거짓말 하는 법을 배우고 싶으니까.

리어　거짓말만 했단 봐라. 매질을 당할 테니.

광대　당신과 당신의 딸은 정말 친척인 모양이죠

따님은 내가 참말을 하면 때린다 하고,

당신은 내가 거짓말을 하면 때린다 하고,

가끔은 내가 말을 안 한다고 때리니,

아, 이제 광대 노릇은 집어치우고 뭐든 좋으니 다른 일

을 해야겠어.

그렇다고 당신같이 되는 건 더 싫어요. 아저씨.

당신은 지혜를 반으로 잘라 버려 가운데에 남은 것이

없잖아요.

저기 그 잘라 낸 반쪽이 오네요.

(거너릴 등장)

리어 어찌 된 일이냐, 딸아?
　왜 그리 이맛살을 찌푸리고 있느냐?
　요새 줄곧 얼굴을 찡그리고 있는 것 같구나.
광대 딸이 얼굴을 찌푸려도 걱정할 필요가 없었을 때
　는
　당신도 꽤 괜찮은 사람이었는데 말이죠.
　지금은 앞에 아무것도 붙지 않은 숫자 0이란 말씀이
　야.
　당신보다는 내가 낫지. 나는 바보지만, 당신은 아무것
　도 아니잖아.
　(거너릴에게) 그래, 잘 알았어요.
　입 다물지요. 말씀 안 하셔도 표정이 그리 명령하니.
　음, 음!
　(노래한다)
　세상만사 싫증 나서 빵 조각도 빵 껍질도 버리고 나면
　언젠가는 그마저도 아쉬워지리.

(리어를 가리키며) 저이는 알맹이 없는 콩깍지요.

거너릴 무슨 짓을 해도 용서받는 이 광대뿐만 아니라, 데리고 계신 기사들도 하나같이 오만불손하여 수시로 트집을 잡고 시비를 거니 제가 도저히 참을 수가 없네요. 아버지께 말씀드려 바로잡아 보려 했으나 도리어 아버지께서 말씀으로도 행동으로도 이를 용인하시고 일을 더 키우시니, 그렇게 나오신다면, 비난을 면치 못할 것이고 저희도 뭔가 조치를 취할 것입니다. 그런 조치가 평소의 아버지께 무례로 비친다고 하더라도 그것은 불가피한 상황 때문에 취해진 분별 있는 처사라고 인정하셔야 될 겁니다.

광대 아시잖아요, 아저씨.

바위종다리가 뻐꾸기 새끼를 먹여 키웠더니
다 큰 뻐꾸기 새끼에게 머리를 뜯어 먹혔네.
그리하여 촛불은 꺼지고, 우리는 어둠 속에 남았네.

리어 네가 내 딸이 맞느냐?

거너릴 제발, 아버지. 가지고 계신 그 훌륭하신 분별력을 좀

발휘해 주세요. 그리고 요즘 보이고 계신

그 괴팍한 행동들은 좀 버리시고요.

광대   어떤 바보라도 수레가 말을 끌면 알아볼 거야.

와우, 조그, 나는 당신을 사랑해!

리어   여기 나를 알아보는 자가 있느냐? 이것이 리어가

아니다.

리어가 이렇게 걷더냐? 그의 눈은 어디로 갔지?

그의 지각이 약해진 건가, 분별력은 마비되었나?

하! 깨어 있느냐? 그럴 리 없다!

내가 누구인지 말할 자 아무도 없느냐?

광대   리어의 그림자.

리어   그것이 알고 싶구나. 권위와 지식과 이성으로 판

단해서,

나에게 딸자식들이 있었던 것 같은데, 내가 잘못 알고

있느냐?

광대   그 따님들이 아버지를 고분고분하게 만들려는

거죠.

리어   당신의 이름이 무엇인가요, 귀부인?

거너릴   그런 놀란 척하시는 것도 요새 아버지가 하시는

망령된 장난이십니다.

제발 부탁이니, 제 의도를 올바로 이해해 주세요.

아버지는 연로하신 데다 존경도 받고 계시니 현명하게 구셔야죠.

아버지가 부리시는 백 명의 기사와 시종들은

무도하고 방탕한 데다 거만스러워 이 저택마저 그들에 의해

더럽혀지니 여기는 완전히 여인숙이 되어 버렸어요.

향락과 욕정으로 이 저택이 우아한 궁이 아니라

선술집이나 사창가 꼴이 되어 버렸다고요.

이 창피스러운 일은 당장에 시정될 겁니다.

만약 이 요청을 들어주시지 않으시면, 제가 임의대로 다루겠어요.

수행원들의 수를 줄이시고, 남아서 아버지의 시종을 들 자들은 노령하신 아버지께 알맞고, 분별이 있으며, 아버지의 처지를 잘 이해하는 자들이어야 합니다.

리어 이 어둠의 악마 같은 것!

내 말에 안장을 얹어라! 내 시종들을 불러라!

이 막돼먹은 애비 없는 년 같으니! 네 신세는 지지 않겠다!

내게는 또 다른 딸이 있다.

거너릴   아버지는 저의 가신들에게 손찌검을 하시고,
아버지의 난폭한 시종 무리들은 윗사람을 아랫사람 취
급한다고요.

(올버니 등장)

리어   뒤늦게 후회하는 이에게 비통함이 있으라!
오, 올버니 경 왔는가? 이것이 자네의 뜻인가? 이야기
해 보게.
—내 말을 준비해라! 배은망덕한 것, 너는 돌로 만든
심장을 가진 악마다. 네가 자식의 탈을 쓰고 나타나니
바다 괴물보다 더 흉악하구나!

올버니   폐하, 참으십시오.

리어   (거너릴에게) 징그러운 솔개야, 거짓말 마라!
내 부하들은 엄선된 자들로 신하의 본분을 잘 알고,
만사에 소홀함이 없으며, 자기의 명예를 소중히 하는
이들이다.
오, 코딜리어의 사소한 잘못을 내 얼마나 추악하게 보
았던가.
마치 기계처럼, 내 본성을 원래의 장소에서 떼어 내고

내 심장에서 애정을 끊어 내고 증오심만 덧붙였구나.

오, 리어, 리어, 리어!

(자신의 머리를 때리며) 소중한 판단력을 내쫓아 버리다니!

가라, 가, 나의 부하들아!

올버니 저는 전혀 죄가 없습니다.

무엇 때문에 이토록 역정을 내시는지요?

리어 그럴지도 모르지.

들어라, 자연아. 들어라! 경애하는 여신이여, 들어라!

만약 저년에게 자식을 갖게 할 요량이라면 당장 그 뜻을 거둬라.

그녀의 자궁을 불임으로 이끌고, 생식기관을 말려 버리며

타락한 몸으로 어미의 자랑이 될 자식을 낳지 못하게 하라!

행여 자식을 낳더라도 가증스러운 것을 낳아

자라면 부모를 배반하고 부도덕해 일생의 골칫거리가 되게 하라!

하여 어미의 이마에 주름살이 지고 흐르는 눈물로

뺨 위에 고랑이 파이며 어미로서의 노고와 보람이 비

웃음을 사고 경멸받게 하여 배은망덕한 자식을 두는
것이 독사의 이빨보다 무섭다는 것을 깨닫게 하라!
비켜라, 비켜!

(퇴장)

올버니 신이시여, 이게 다 어찌 된 영문이오?

거너릴 당신은 모르셔도 되요.

노망이 나서서 저러시니 실컷 떠드시게 두세요.

(리어 재등장)

리어 뭐, 내 부하를 단번에 오십 명으로 줄여? 이 주도
채 못 되어?

올버니 무슨 일이십니까, 폐하?

리어 내 자네에게 말해 주지.
(거너릴에게) 사는 것이 죽는 것만 못하구나!
네가 이리 대장부의 마음을 흔들어,
참아도 부득이 뜨거운 눈물이 흐르게 할 힘이 있다니
수치로구나. 광풍과 독기 찬 안개가 널 싸고돌 것이다!
아비의 저주가 불치의 상처가 되어 네 감각을 찌를 것이
다!

62

늙고 어리석은 눈아, 두 번 다시 이로 인해 울면,

너를 뽑아 헛된 눈물과 함께 땅바닥으로 던질 것이니.

끝내 이렇게 되고 마는 것인가?

하! 상관없다. 내게는 또 하나의 딸이 있다.

그 애는 틀림없이 친절하게 나를 맞아 줄 거다.

너의 만행을 들으면, 네 늑대 같은 낯짝을 할퀴어 놓을

거야.

네가 영원히 던져 버렸다고 여기는 위엄을 되찾을 것

이니,

두고 봐라.

(리어, 켄트, 시종들 퇴장)

거너릴 글쎄, 저 말 좀 들어 보세요.

올버니 일방적으로 당신 편만 들을 순 없소, 거너릴.

내 당신을 무척 사랑한데도—

거너릴 당신은 가만 좀 계세요. 거기, 오스왈드, 이리 와

보게.

(광대에게) 광대라기보단 악당 같은 놈아,

너도 네 주인을 따라 가거라.

광대 리어 아저씨, 리어 아저씨, 기다려요! 광대도 데려

가요.

여우를 잡으면,

저런 딸을 잡으면,

확실히 도살장으로 보내야 해.

내 모자를 팔아 밧줄을 산다면—

광대도 뒤쫓아 가야지.

(퇴장)

거너릴 하여간 아버지는 아주 좋은 조언자를 두셨다

니까.

백 명의 기사라고? 그야 안전은 하시겠지. 그래,

악몽을 꾸시거나 뜬소문, 변덕, 불평, 불만이 있으면

언제든지 그들을 방패 삼아 노망기를 보호하고

우리의 목숨을 좌지우지하실 심산이지.

오스왈드, 어떻게 됐느냐?

올버니 글쎄, 그건 좀 지나친 게 아닌가—

거너릴 지나치게 믿는 것보다야 안전하지요.

당할까 봐 내내 걱정하느니 걱정거리는 미리 제거하

는 게

상책이에요. 아버지 속셈이야 뻔하지. 아버지가 하신

말씀을

동생에게 보낼 편지에 적었어요.

그렇게 말해 줘도, 걔가 아버지와 백 명의 기사를 부양
한다면……

(오스왈드 등장)

어찌 되었느냐, 오스왈드. 동생에게 보낼 편지는 준비
됐느냐?

오스왈드 네, 마님.

거너릴 동행을 데리고 말을 타고 떠나거라.

내가 염려하는 바를 동생에게 낱낱이 전하고.

그럴듯하게 전하기 위해 네 나름의 이유를 덧붙여 보
충해도 좋다.

어서 갔다가 서둘러 돌아오너라.

(오스왈드 퇴장)

아니, 아니에요. 당신의 미지근하고 친절한 방식이 나
쁜 건 아니지만

그러나 미안하게도, 당신의 온화함은 칭송받기보다는
분별없다고 비난받기 십상이에요.

올버니 당신이 얼마나 멀리 앞을 내다보는지는 모르겠
거니와

잘하려던 것이 나쁘게 되는 일도 있다오.

거너릴 아니, 그러면—

올버니 알겠소, 알겠소, 그럼 두고 봅시다.

(모두 퇴장)

제5장

올버니 성의 뜰

(리어 왕, 켄트, 광대 등장)

리어 너는 이 편지들을 가지고 글로스터에게 가라.

내 딸에게 아는 것 이상으로 말하지 말고, 묻는 말에만
답하라.

빨리 가지 않으면, 내가 먼저 도착할 거다.

켄트 편지를 전하기 전까지 한잠도 자지 않겠습니다.

(퇴장)

광대 사람의 뇌가 발꿈치에 있었다면, 동상에 걸리지
않겠어요?

리어 그렇겠지.

광대 그럼 아저씨는 걱정이 없으시겠네요.

이미 비어 버린 뇌이니 갈라 터질 염려는 없으니까요.

리어 하, 하, 하!

광대 다른 딸이 아저씨에게 친절하게 대하는 걸 봐야지.

능금이 사과를 닮은 것처럼 두 자매는 똑같이 닮았으니까.

적어도 난 내가 말할 수 있는 것을 말할 수 있지요.

리어 네가 뭘 말할 수 있다는 게냐?

광대 이 능금의 맛이 저 능금의 맛과 같듯이

그 딸이 이 딸과 똑같을 거라는 거요.

그런데 코가 왜 인간 얼굴의 가운데인 줄 아세요?

리어 모른다.

광대 그야, 코 양쪽에 눈을 두기 위해서죠.

냄새를 못 맡을 땐 봐야 하니까.

리어 내가 그 애에게 잘못했지.

광대 굴은 껍데기를 만드는지 아세요?

리어 모른다.

광대 저도 몰라요. 하지만 달팽이가 왜 집을 가지고 있는지는 알아요.

리어 왜 그렇지?

광대 머리를 넣어 두려고 그렇죠.

딸들에게 넘겨주어서 제 뿔을 넣을 곳이 없으면 안 되
니까.

리어 아비로서의 정은 잊어야지. 그토록 다정한 아비였
건만!

말은 준비되었는가?

광대 당나귀 같은 이들이 준비하러 갔죠.

일곱 개의 별은 왜 일곱 개인가 하는 것은 참으로 재미
있거든요.

리어 여덟 개가 아니니까?

광대 거 명답이네. 이제 아저씨도 괜찮은 광대가 되겠
는걸요.

리어 그걸 강제로라도 도로 찾아야 해! 배은망덕한 괴
물 같으니!

광대 아저씨가 내 광대라면 때가 되기도 전에
늙은 죄로 좀 때려 줄 텐데.

리어 그건 무슨 소리냐?

광대 현명해지기 전에 늙어선 안 되니까.

리어 오, 날 미치지 않게 해 주십시오. 미치지 않게! 하
늘이시여!

분노를 참게 해 주십시오. 난 미치고 싶지 않다!

(기사 등장)

어떻게 되었느냐, 내 말은 준비되었느냐?

기사 준비되었습니다. 폐하

리어 가자, 이놈아.

광대 내가 떠나는 것을 보고 웃는 처녀도
머지않아 처녀가 아니게 될 거야. 그게 더 짧아지지 않
는다면.

(모두 퇴장)

제2막

제1장

글로스터 백작의 성

(에드먼드와 큐란 반대편에서 등장)

에드먼드 안녕하시오. 큐란.

큐란 안녕하시오. 지금 막 아버님을 뵙고,
오늘 밤 콘웰 공작과 리건 부인께서 이곳으로 오신다는
소식을 알려 드린 참입니다.

에드먼드 무슨 일인가요?

큐란 저는 잘 모르겠습니다. 세간의 소문을 들으셨습
니까?
쑥덕거리는 뜬소문 정도입니다만.

에드먼드 아직 듣지 못했소. 무슨 소문이요?

큐란   콘웰 공작과 올버니 공작 사이에 전쟁이 날지도 모른다는

소문인데, 못 들으셨소?

에드먼드   전혀 듣질 못했소.

큐란   그럼 차차 듣게 될 거요. 안녕히 계시오.

(퇴장)

에드먼드   공작이 오늘 밤 이곳에 온다고? 잘됐다! 최고야!

이거야말로 내가 벌이는 일에 안성맞춤이군.

아버지는 형님을 잡으려 보초를 세워 두셨고,

내게는 꼭 해야 할 까다로운 문제가 하나 남았는데

신속히 처리하면 행운이 날 도와줄 거야.

형님, 할 말이 있습니다! 내려오세요! 형님!

(에드거 등장)

아버지가 감시하고 계세요. 오, 형님, 어서 이곳을 뜨세요!

형님이 여기 숨어 계신 것이 탄로 났어요.

지금은 밤이니 몸을 숨기시기에 좋아요.

혹시 콘월 공작께 험담을 하신 일이 없으신가요?

그가 이 밤중에 이곳으로 급히 오고 있답니다. 리건 부인도 함께요.

그분 편을 들어 올버니 공작 험담을 하신 일은 없나요?

잘 생각해 보세요.

에드거 전혀 그런 적이 없는데.

에드먼드 아버님이 오시나 봅니다. 절 용서하세요!

형님을 향해 칼을 빼든 척을 해야겠어요.

형님도 칼을 들어 방어하는 척하세요, 잘하시네요.

항복하라! 아버지께 가자. 횃불! 여, 여기야!

가세요, 형님. 횃불, 횃불을 가져와! 잘 가세요.

(에드거 퇴장)

내가 피를 좀 흘리면 격렬히 싸운 줄 알겠지.

(자기 팔을 찌른다) 주정꾼들은 이보다 더한 장난도 하더군.

아버지, 아버지!

멈춰라, 멈춰라! 거기 아무도 없느냐!

(글로스터와 하인들, 횃불을 들고 등장)

글로스터   에드먼드야, 그놈은 어디 있느냐?

에드먼드   여기 어둠 속에 서서 칼을 빼 들고

　　사악한 주문을 외며 달이 수호해 주시길 빌더군요.

글로스터   그래서 어딜 갔느냐?

에드먼드   보세요. 여기 피가 흐릅니다.

글로스터   그 나쁜 놈은 대체 어디에 있느냐, 에드먼드?

에드먼드   이쪽으로 달아났어요. 아무래도 안 되겠던지—

글로스터   그를 쫓아라, 어서! 따라가!

(몇 명의 하인들 퇴장)

　　아무래도 안 되겠다니?

에드먼드   아버님을 살해하자고 저를 설득하는 일이요.

　　제가 형님께 부친을 살해하는 자에게는 복수의 신들이

　　천둥을 내리친다고 말하고,

　　부모와 자식 간의 깊은 유대에 대해서도 말했으나,

　　결국 그의 무도한 계획에 반대하는 저를 보고는,

　　갑자기 돌격해 와 제 팔을 찔렀습니다.

　　제가 정당하게 맞서서인지, 큰 소리를 질러서인지,

　　형은 곧장 달아났습니다.

글로스터   도망치게 둬라.

　　이 땅 안에선 반드시 잡히고 말 것이니.

발견 되면—죽이겠다.

나의 주군이자 후원자이신 공작님이 오늘 밤 이곳에
오신다.

그분의 권한으로 포고령을 내

이 못된 놈을 끌고 오는 자에게는 포상을 내리고

숨기는 자에게는 사형을 내릴 것이야.

에드먼드 형의 계획을 중지시키고자 설득했으나,

결심이 확고한 것을 보고 계획을 폭로하겠다 협박했습
니다.

그가 답하길, "상속도 받지 못할 서자 놈이, 네놈이 반
대한다 하여 누가 네 말을 곧이듣거나 미덕을 칭찬할
줄 아느냐?

이번 일도 내가 아니라고만 하면 될 일이야.

네가 내 필적을 증거로 낸다 해도,

나는 이 모든 일이 네가 꾸민 일이라고 주장할 테니까.

내가 죽으면 너에게 이득이 가는 것을 사람들이 모를
줄 안다면 그거야 말로 세상을 너무 얕본 거야."라고
하더군요.

글로스터 지독하고 철저하게 악한 놈이구나!

그놈이 자신의 편지를 부인하겠다고 해?

그런 놈은 내 자식도 아니다.

(안에서 나팔 소리)

저기, 공작이 오시는군. 왜 오시는지 이유는 모르겠다만.

모든 항구를 봉쇄하라 일러라. 놈이 도망치지 못하게

하겠다.

그리고 가서 그놈의 초상화를 사방에 보내

왕국의 모든 사람들에게 알려라.

그리고 내 귀한 자식, 순리에 따르는 네가

내 땅을 물려받을 수 있게 조치를 취해 놓아야겠다.

(콘웰, 리건, 시종들 등장)

콘웰 어찌 된 일이오, 내 소중한 친구?

내가 이곳에 도착하자마자 이상한 소식이 들리니.

리건 그게 사실이라면, 그 죄인에겐 엄벌을 줘야 마땅

해요.

어떠세요, 백작?

글로스터 오, 부인, 지금 이 늙은이의 가슴은 터져 버릴

것만 같습니다.

리건 아니, 정말 우리 아버지를 대부로 둔 아이가

백작의 목숨을 노렸다는 건가요?

내 아버지가 이름을 준 그 애가? 당신의 에드거가?

글로스터 오, 부인, 부인. 숨기고 싶은 수치입니다.

리건 혹시 그 애가 아버지의 시중을 들던 방종한 기사들과

한패인 것은 아닌가요?

글로스터 그건 모르겠습니다. 부인, 이건 정말 나쁜, 나쁜 일이에요.

에드먼드 맞습니다, 부인. 형님은 그 사람들과 한패였어요.

리건 그렇다면 그 애가 그리 흉악해졌다고 해도 이상할 게 없군요.

그 패거리예요. 노인을 죽이라 충동질하는 것들이.

그리고 재산을 가로챌 속셈이죠.

오늘 저녁 언니가 보내온 편지에 자세히 적혀 있었어요.

그들이 우리 집에 온다면 집을 비우라고 충고하더군요.

콘웰 그래서 이렇게 집을 비우고 온 것이오.

에드먼드, 자식으로서의 도리를 극진히 하고 있다고 들었다.

에드먼드 당연한 도리를 다한 것뿐입니다.

글로스터 저 애가 그놈의 흉계를 알아냈습니다.

그리고 그놈을 잡으려다 팔에 상처까지 입었지요.

콘월 그놈을 추격 중이시오?

글로스터 예, 그렇습니다.

콘월 잡히기만 하면, 다시는 해악을 끼치지 못하게끔
하겠소.

그대의 목적을 달성하기 위해 나의 권위를 이용해도
좋소.

에드먼드, 자네가 보인 미덕과 순종이 마음에 드니
자넬 내 수하로 삼겠네.

이런 신뢰할 만한 부하가 앞으로 필요하게 될 테니.

그러니 먼저 자넬 잡아 두겠네.

에드먼드 부족한 소인이지만 충성을 다하겠습니다.

글로스터 자식을 대신해 감사드립니다.

콘월 왜 우리가 이리 찾아왔는지 아는 이 없겠지?

리건 이렇게 밤의 어둠을 타고 찾아온 것은, 글로스터
백작,

그대의 충고가 필요한 중요한 일 때문이라오.

아버님도 언니도 서로 간의 불화에 대해 적은 편지를
보내왔는데

나로서는 집을 떠나 답장을 하는 것이 좋을 듯하여,

두 군데로 갈 전령들을 준비시켜 두었지요.

우리의 벗 백작님, 자식으로 인한 상심은 잠시 잊으시고

우리의 위해 충고해 주세요.

당장 실행에 옮길 수 있도록.

글로스터 분부대로 하겠습니다. 부인.

진심으로 두 분의 방문을 환영합니다.

(나팔 소리. 모두 퇴장)

제2장

글로스터 백작의 성 앞

(켄트와 오스왈드 반대편에서 등장)

오스왈드 안녕하시오. 당신은 이 댁 사람이오?

켄트 그렇소.

오스왈드 그럼 보통 어디에 말을 매어 두시오?

켄트 진창 속에 두게.

오스왈드 그러지 말고 좀 가르쳐 주시오.

켄트 난 자네가 마음에 안 드네.

오스왈드 흥. 그럼 나도 마음대로 하지.

켄트 당신을 립스베리 외양간에 처박아 두면 마음대로
  못 할걸.

오스왈드 왜 내게 이리 심하게 구는 거요? 나는 당신을
  모르는데.

켄트 나는 자넬 알지.

오스왈드 나에 대해 뭘 아는데?

켄트 불한당, 날건달, 고기 찌꺼기나 뒤져 먹는 놈이지.
  비열하고 오만하고, 천박하고, 거지 같은 놈에
  일 년에 옷은 세 벌밖에 못 얻어 입고, 연 수입은 백 파
  운드에, 더러운 털양말을 신은 놈이지. 겁쟁이라 소송
  이나 걸고,
  후레자식에, 거울이나 들여다보는, 주제넘게 참견하는
  사기꾼이지.
  겉치레나 하고, 가진 것으론 가방 하나인 종놈인 데다
  주인을 위한답시고 뚜쟁이 노릇이나 할 놈이지.
  악당, 거지, 겁쟁이, 뚜쟁이를 섞은 잡종,
  잡종 암캐의 맏아들 놈이란 말씀이야.
  내가 네놈에게 붙인 이름 하나라도 아니라고 부인하면,
  두들겨 패서 요란하게 짖게 해 주겠다.

오스왈드 별 괴상망측한 놈이 다 있네!
  서로 알지도 못하는 사람에게 욕을 퍼붓다니.

켄트 이 뻔뻔스러운 종놈아. 나를 모른다니!

겨우 이틀 전에 내가 네 다리를 걸어 넘어뜨리고 폐하
앞에서 두들겨 패 주었거늘! (칼을 뽑는다) 칼을 뽑아
라.

밤이래도 달밤이니 알맞다. 네 피에 달을 비춰 보겠다.

진종일 치장이나 하는 이 비열한 후레자식아!

칼을 빼 들어!

오스왈드 비켜라! 나는 네놈과 볼일이 없다.

켄트 칼을 뽑아라. 이놈! 네놈은 폐하에게 위해를 가하
는

편지나 가져오는, 저 허영의 꼭두각시 편이 아니냐.

칼을 뽑아라! 악당아!

그렇지 않으면 내 정강이의 살코기를 저며 버리겠다!

뽑아라! 이놈아! 덤벼!

오스왈드 사람 살려! 살인이다! 사람 살려!

켄트 덤벼라! 이 노예 놈아! 맞서라! 이 악당아!

서라고. 이 치장이나 하는 노예 놈아!

(켄트가 오스왈드를 때린다)

오스왈드 사람 살려! 살인이다! 살인!

(에드먼드, 글로스터, 콘웰, 리건과 시종들 등장)

84

에드먼드 무슨 일이냐? 떨어져라! 어서.

켄트 젊은이, 자네가 대신 싸울 텐가? 덤비게!
  자, 피 맛을 보여 주마! 어서! 젊은이!

글로스터 무기라니, 칼을 다 빼 들고 무슨 일이냐?

콘월 목숨이 아깝거든 진정해라! 계속 싸우는 놈은 사
  형시키겠다! 대체 무슨 일이냐?

리건 언니의 전령과 아버님이 보내신 전령이군요.

콘월 웬 싸움질들이냐, 말해 봐.

오스왈드 숨이 차서 말입니다. 공작님

켄트 그야 그럴 테지. 없는 용기를 끌어내시느라.
  비겁한 악당아, 네놈은 자연이 만들어 내신 게 아니라
  양복장이가 만든 놈이야.

콘월 이상한 놈이로군. 양복장이가 사람을 만든다니?

켄트 예. 양복장이지요. 석공이나 화가라도 이 년만 배
  우면
  저렇게 못생긴 놈은 만들려야 만들 수 없었을 테니까요.

콘월 이제 말해라, 어째서 싸움이 난 게냐?

오스왈드 저 늙은 놈의 허연 수염을 봐서 살려 줬더
  니……

켄트 저 빌어먹을 놈, 쓸모없는 글자 같은 놈아!

85

공작님이 허락만 하신다면 이 버르장머리 없는 놈을 짓밟아 회반죽을 만들어 변소의 벽에 발라 버리겠습니다.

내 수염을 보고 살려 주었다고? 이 할미새 같은 놈아?

콘웰 닥쳐라. 이 짐승 같은 놈! 여기가 어딘 줄 알고!

켄트 네, 잘 압니다만. 분노가 먼저인지라.

콘웰 왜 화가 났느냐?

켄트 저런 정직함을 모르는 노예가 검을 차고 있어섭니다.

저리 히죽거리는 놈들은, 끊으려야 끊을 수 없는 혈육의 연도

쥐새끼처럼 갉아 끊어 놓을 놈들입니다. 저런 놈들은 주인에게 아첨이란 아첨은 다 하고, 불난 데 기름을 붓고, 얼음 언 곳에 눈을 던집니다. 아니랬다가 그랬다고 하고, 바람 부는 대로 물총새 아가리처럼 방향을 바꾸며, 개처럼 따라만 다니는 놈들입니다.

(오스왈드에게) 그 염병할 낯짝에 염병이나 옮아라! 이놈이 나를 광대로 알고 웃고 있구나! 이 거위 같은 놈, 내 너를 세이럼 벌판에서 만났다면 꽥 소리 나게 패면서 캐멀롯까지 몰고 갔을 것이다.

콘웰 이 늙은 놈이 미쳤나?

글로스터 왜 싸우기 시작했느냐. 그걸 말해라.

켄트 그 어떤 상극도 저 나쁜 놈과 나 사이 같지 않을 것입니다.

콘웰 왜 저놈이 나쁜 놈이란 말이냐? 무엇을 잘못했기에?

켄트 저놈이 생긴 게 마음에 안 듭니다.

콘웰 그럼, 내 얼굴도, 저분 얼굴도, 내 처의 얼굴도 모두 네 맘엔 안 들겠구나.

켄트 공작님, 정직하게 말하게는 것이 제 일이니 말씀 드리면,
지금 바로 제 눈앞에 보이는 어깨 위의 얼굴보다
더 훌륭한 얼굴들을 그동안 많이 보아 왔습니다.

콘웰 이런 별놈을 봤나. 솔직하다 칭찬받으니 오만방자하게
짓궂게 거친 태도를 보여 도리에서 벗어나는구나.
아첨을 못 한다고, 허!
정직하고 솔직한 사람이라 세상이 받아들이든 못 받아들이든 솔직히 할 말은 하겠다 이거냐. 내 이런 종류의 악당이라면 잘 알고 있는데 솔직함을 내세워 뱃속엔

흉측한 계획을 숨기고 고분고분한 하인 스무 명이 있어도 못 당하는 간악한 놈이야.

켄트 공작님, 진심을 다해 성의와 진실을 담아 말씀드리면,

거룩하신 용모의 공작님의 후광은 태양신의 이마에서 반짝이는 찬란한 불꽃 화관과 같으니 허락을 얻어…….

콘웰 이건 무슨 수작이냐?

켄트 공작님 마음에 안 드시는 것 같아 제 말투를 고쳐 보고자

그리 한 것입니다. 저는 진정 아첨을 할 줄 모릅니다. 솔직한 말투로 남을 속이는 놈이야 말로 악한 놈이지요. 저는 그런 자가 될 수 없습니다. 비록 공작님이 노하셔서

그런 놈이 되라고 하신다 해도 말입니다.

콘웰 그런데 자네는 저자에게 무슨 잘못을 했는가?

오스왈드 아무 잘못도 하지 않았습죠. 얼마 전에

저자의 주인이신 임금님께서 오해를 하시고 저를 때린 적이

있었는데, 그때 저놈이 합세하여 임금님의 역정에 비

위를 맞추고 뒤에서 제 다리를 걸어 넘어뜨렸습죠. 그
러고는 제게 모욕과 욕설을 퍼붓고는 영웅이나 된 양
으스대고 뽐내며 임금님의 칭찬을 받았습니다. 제 딴
에는 일부러 져 준 건데 말입니다.

그러더니 맛이 들었는지 여기서도 칼을 뽑지 뭡니까요.

켄트   이런 악하고 비겁한 자들의 말을 들으면

영웅 아이아스조차 놀림감이 될 수밖에.

콘웰   가서 족쇄를 가져오너라!

이 고집 센 악독한 늙은이가 버릇을 고치도록 내 친히

가르쳐 주마.

켄트   공작님, 무얼 배우기에는 이미 늙은 놈입니다.

족쇄를 가져오게 하지 마십시오.

저는 국왕 폐하의 시중을 드는 몸이고 그분의 전갈을

가져왔으니,

그분의 전령인 제게 족쇄를 채우시는 것은

저의 주인이신 분의 위엄과 인격에 손상을 가하는 일

이며,

지나치게 적의를 보이시는 일입니다.

콘웰   족쇄를 가져오라 하지 않았느냐!

내 목숨과 명예를 걸고 말하니,

이놈을 정오까지 족쇄에 채워 묶어 둬라!

리건 정오라니요? 밤까지, 아니 밤새도록 채워 두게 하세요.

켄트 부인, 제가 아버님의 개라 해도 이렇게 처사하시면 안 됩니다.

리건 아버님의 종놈이니 더욱 그래야지.

콘월 이놈이 바로 처형이 이야기한 부류 중의 하나로다.

자, 족쇄를 들여와라.

(하인들이 족쇄를 가져온다)

글로스터 공작님, 바라건대 그만두시는 것이 좋겠습니다.

저자의 주인이신 국왕 폐하께서 꾸중하실 것입니다.

공작께서 내리신 처벌은 가장 비열하고 천한 좀도둑과 상놈들에게나 내리는 것이니 왕께서 당신의 전령이 이리 취급받는 것을 보시면 진노하실 것입니다.

콘월 그 책임은 내가 지겠소.

리건 제 언니야말로 기분이 나쁠 겁니다.

자신의 전령이 이토록 모욕당하고 습격을 받았으니.

저 다리에 족쇄를 채워요.

(켄트에게 족쇄가 채워진다)

　자, 공작님. 갑시다.

(글로스터와 켄트를 제외하고 모두 퇴장)

글로스터　미안하게 되었네. 공작의 뜻이라 어쩔 수 없네.

　그분의 성질은 잘 알려져 있듯이 말리거나 막을 수 없으니.

　그러나 내 가서 간청해 보리다.

켄트　그러지 마십시오. 밤새 뜬 눈으로 달려왔으니, 잠이나 한숨 자고, 깨면 휘파람이나 불겠습니다. 착한 이도 운이 기우는 때가 있는 법이지요. 안녕히 주무십시오.

글로스터　이건 공작님이 잘못하시는 거야.

　왕께서 노하실 텐데.

(퇴장)

켄트　폐하는 이 속담을 몸소 겪으시겠구나.

　하늘의 축복을 버리고 뜨거운 태양 아래 나선다는.

　어서 오라, 지상을 비추는 달이여. 그대의 반가운 빛으로

　이 편지를 읽어 볼 수 있게. 기적은 비참한 처지에 놓

91

인 자에게나 나타나는 법. 이 편지는 코딜리어 공주님
이 보내신 것이 분명해.

다행스럽게도 변장한 나의 사연을 알고 계시나 보군.
(편지를 읽는다)

"이 엄청난 상황에 맞서 상실을 치유할 방법을 모색하
기 위해 시간을 내겠다."

밤샘에 지치고 피로하여 눈꺼풀이 무거우니 내 수치스
러운 꼴을 보지 않아도 되겠구나. 운명의 여신이여, 안
녕히 주무시오. 다시 한 번 미소 지으시고, 운명의 수
레바퀴를 돌려 주시게.

(켄트 잠든다)

제3장

벌판

(에드거 등장)

에드거 내게 내려진 수배령을 들었다만,

다행히도 나무 구멍에 숨어 잡히는 것은 면했구나.

항구는 봉쇄되고 나를 잡으러 삼엄하게 경계서고 감시

하니

멀리 달아나 목숨만은 보전해야지.

그러기 위해 가장 천하고 궁색한 차림을 해야겠다.

궁핍함으로 짐승이나 다를 바 없어 보이는 모습으로.

얼굴에는 숯 검댕을 바르고 허리에는 누더기를 걸치며

머리는 헝클어뜨리고, 헐벗은 모습으로 비바람을 맞아

야겠다.

이 나라에는 미치광이 거지들의 선례가 있는바,

소란스럽게 떠들며 무감각하게 마비된 자신의 팔에

바늘, 꼬챙이, 못과 가시를 찔러 대더군.

이런 흉측한 몰골로 초라한 농가나 가난한 마을과 양

우리, 물방앗간을 찾아다니며

미친놈처럼 저주하고 기도하며 동냥을 얻어 내더군.

"불쌍한 털리기, 불쌍한 거지 톰!" 이렇게 불러야겠다.

에드거는 이제 없는 거야.

(퇴장)

제4장

글로스터의 성 앞

(켄트는 족쇄를 차고 있다. 리어 왕, 광대, 기사 등장)

리어 이상하군. 이렇게 갑자기 집을 비우고,
  내 전령은 돌려보내지 않으니.

기사 제가 들은 바로는, 어젯밤까지도
  집을 비우신 이유가 없으셨답니다.

켄트 안녕하신지요, 주인어른?

리어 아니, 이런 치욕을 재미로 하고 있는 게냐?

켄트 아닙니다. 폐하.

광대 하, 하! 지독한 양말을 신고 있네.
  말은 대가리가, 개와 곰은 모가지가, 원숭이는 허리가,

사람은 다리가 묶이는구면.

다리를 함부로 놀리면 나무 양말을 신기는 법이야.

리어 네 신분을 몰라보고 이렇게 만든 놈이 누구냐?

켄트 두 분입니다. 폐하의 사위와 딸이십니다.

리어 그럴 리 없다.

켄트 맞습니다.

리어 아니다.

켄트 맞습니다.

리어 아니다, 아니야. 그럴 리 없다.

켄트 아니요, 그들이 그랬습니다.

리어 주피터에 걸고 맹세하건대, 아니다.

켄트 주노에 걸고 맹세하건대, 맞습니다.

리어 그들이 감히 그럴 리 없다.

그럴 수도 없고, 그러려고도 하지 않았을 거야.

국왕의 전령에게 감히 이런 방자하고 난폭한 일을 하
다니,

이건 살인보다 더 악랄한 짓이다.

서둘러 자세한 내용을 고하라.

내가 보낸 전령인 네가 이런 대접을 받을 까닭이 있느
냐,

아니면 네가 자초한 일이냐.

켄트 제가 공작 댁에 도착해 폐하의 편지를 전달하고자

끓었던 무릎을 채 펴기도 전에,

땀으로 범벅을 한 전령이 도착하더니,

숨을 헐떡이며 여주인 거너릴의 인사를 전하고는

저를 제치고 편지를 내놓았습니다.

두 분은 그 자리에서 그걸 읽으시고는

별안간 급히 하인을 모아 말을 타고 떠나셨습니다.

그리고 저를 보시곤 싸늘한 눈초리로 노려보시며

따라오면 한가한 때에 답을 주겠다고 하셨습니다.

그리고 이곳에서 다른 전령을 만났는데,

제가 환영받지 못한 것이 그놈의 탓이라 여겨지지만,

그놈이 일전에 폐하께 무엄하게 굴었던 바로 그놈이기에

분별심을 잃고 혈기가 앞서 칼을 빼 들었습니다.

그러자 그 겁쟁이가 큰 소리로 집 안을 깨웠고

폐하의 사위와 따님께서 제가 한 일에 대해

이런 수치를 당해야 한다고 하셨습니다.

광대 겨울이 아직 끝나지 않았구먼.

들기러기가 저쪽으로 날아가는 걸 보니.

넝마를 걸친 아비는
자식들이 외면하고
돈주머니 찬 아비는
자식들이 다 효자네.
운명의 여신은 이름 높은 창녀라
가난뱅이에겐 문을 닫는다네.

하지만 당신은 따님들에게 일 년이 걸려도
셀 수 없을 많은 슬픔을 느끼실 거요.

리어   아, 가슴속에 불덩이가 치솟는구나!
울화여! 내려가라, 이 북받치는 슬픔이여.
네가 있을 곳은 바다이다! 나의 딸은 어디에 있느냐?

켄트   백작과 함께 계십니다.

리어   너는 따라오지 말고 여기 있어라.

(퇴장)

기사   지금 말씀하신 것 외에는 다른 잘못은 없소?

켄트   없소. 그런데 어찌하여 이리 적은 수의 기사만이
폐하를 모시는 거요?

광대   그런 것을 묻다가 족쇄를 찼다면, 그런 벌은 받아
싸지.

켄트 어째서냐, 광대야?

광대 너는 개미 학교에 가 겨울에는 일하지 않는다는
걸 배워야겠구나.
코만 믿고 가는 놈도 장님 아닌 바에야
눈에 보이는 건 보기 마련.
썩는 내가 진동하는 데 맡지 못하는 코는 없지.
큰 수레가 언덕을 굴러 내려가려면
수레를 잡은 손을 떼야 하는 법,
붙잡고 있으면 목이 부러질 테니 말이야.
하지만 그 큰 수레가 언덕을 올라간다면
뒤에서 끌려가야 하지.
나보다 더 좋은 것을 가르쳐 주는 현자가 있다면,
내 건 돌려줘.
이것은 악당이나 따르게 해야지. 바보가 하는 충고니까.
이득을 좇아 섬기고
겉으로만 좇는 자는
비가 오면 짐을 싸고
폭풍우 오면 널 버리고 달아난다네.
나는 바보라 이대로 남겠으니
똑똑한 놈들은 달아나라지.

    달아나는 악당은 바보가 되지만

    바보는 악당이 못 되지.

켄트 광대야, 너는 어디서 그런 것들을 배웠느냐?

광대 족쇄를 차고 배운 것은 아닐세, 바보야.

(리어, 글로스터를 데리고 등장)

리어 나와 대화를 하지 않겠다고?

    그들이 병이 났다고? 피로하다고?

    밤새 여행을 했다고? 뻔한 핑계로구나.

    아비를 배신하고 벗어나려는 수작이야.

    더 좋은 대답을 받아 오너라.

글로스터 폐하.

    아시다시피 공작은 불같은 성미를 지녀,

    한번 말하면 요지부동입니다.

리어 복수! 염병! 죽음! 혼란이구나!

    불같다고? 성미가 어쩌고 저째? 이런, 글로스터, 글로
    스터!

    내가 콘월 부부를 만나겠다고 말하고 있다.

글로스터 예, 이미 그렇게 말씀 전했습니다.

리어 전했다고! 자네는 내 말을 알아듣고 있는 건가?

글로스터 네, 폐하.

리어 국왕이 콘월과 할 이야기가 있다지 않는가.

아비가 딸하고 할 이야기가 있다고.

그러니 명령하고 있는 거다. 그렇게 둘에게 전했느냐?

숨이 차고 피가 거꾸로 솟는구나!

불같다고? 불같은 성미? 불같은 공작에게 전하라.

아니, 아니지. 혹시 정말 몸이 불편한 건지도 모르지.

건강한 사람이라면 당연한 의무도 몸이 아프면 태만해
지는 법.

몸이 아프면 마음도 함께 고통받는 것이 자연의 법칙
이니

몸이 아프면 제정신을 잃는 법이다.

내가 참을 것이야. 아프고 병든 이의 발작은 건강한 사
람의 태도로 여기다니 나의 왕국도 끝이로구나!

그런데 이자는 왜 이렇게 족쇄를 차고 앉아 있는가?

이것만 봐도 공작과 딸이 나타나지 않은 것은 수작을
부리는 것이 분명해. 내 하인을 족쇄에서 풀어 줘라.

공작 부부에게 내가 이야기 좀 하잔다고 전하라.

지금 당장! 어서 나와 내 말을 들으라고 해라. 그렇지

않으면

침실 문 앞에서 북을 울려 잠을 쫓아내겠다.

글로스터 부디 서로 화해하시길 빕니다.

(퇴장)

리어 오, 내 심장아, 북받치는 심장아! 진정해라!

광대 소리쳐요, 아저씨.

요리사가 살아 있는 장어를 밀가루에 처박아 버릴 때

처럼.

그녀는 막대기로 장어의 머리를 때리며

"내려가, 이 말썽쟁이들아, 내려가!" 하고 소리친다죠.

그녀의 오빠는 말이 귀엽다고 건초를 버터 범벅으로

만들었네.

(콘웰, 리건, 글로스터, 하인들 등장)

리어 두 사람은 밤새 안녕했는가?

콘웰 폐하께 인사드립니다.

(켄트가 풀려난다)

리건 폐하, 뵈오니 기쁩니다.

리어 리건, 그러리라 생각한다.

그리 생각하는 이유도 잘 알고 있고.

네가 기쁘지 않다면, 무덤 속의 네 어머니가 간통을 한
것이니 죽은 부인하고 이혼하겠다. (켄트에게) 오, 풀려
났느냐?

그 문제는 다음 기회에 이야기하고.

사랑하는 리건, 네 언니는 악독한 년이다.

오, 리건, 네 언니는 불효라는 날카로운 이빨로
독수리처럼 여기를 물어뜯었다. (가슴에 손을 얹는다)

내 너에게 일일이 말하기가 힘들 지경이다. 믿어지지
가 않을 게야.

얼마나 비열한 수작으로, 오, 리건아!

리건   진정하세요, 아버님.

제 생각엔 언니가 의무를 소홀히 했다기보단
아버지가 언니의 노고를 알아주지 않으신 게 아닌가
싶은데요.

리어   아니, 그게 무슨 말이냐?

리건   언니가 조금이라도 의무를 게을리했다고는 생각
할 수 없어서요.

만약 언니가 아버지의 시종들이 보이는 행패를 막았
다면,

언니로서는 어떤 타당한 이유와 근거가 있어서 그리

한 것일 테니 언니에게는 잘못이 없다고 보이는 데요.

리어 그년은 나의 저주를 받을 거야.

리건 아, 아버님은 늙으셨어요.

자연의 이치에 따라 아버님의 천수도 다하는 때가 온

거라고요.

그러니 아버지도 아버지 사정을 잘 아는 분별 있는 사

람에게

모든 것을 맡기시고 시키는 대로 하세요. 그러니 말씀

드리건대, 언니에게도 돌아가셔서, 잘못을 비세요.

리어 그년에게 용서를 빌라고?

이런 일이 우리 가문에 가당키나 하냐? (무릎을 꿇는다)

"사랑하는 딸아, 내가 늙었다는 것을 고백한다.

늙은 것들은 쓸모가 없지. 내 이렇게 무릎을 꿇고 비니

내게 입을 것과 잠자리와 먹을 것을 다오."

리건 이제 그만 좀 하세요! 그건 정말 보기 싫은 장난

이에요.

어서 언니에게로 돌아가세요.

리어 (일어나며) 결단코 안 가겠다. 리건!

그년은 내 부하들을 반으로 줄였고,

나를 노려보고, 독설을 퍼부어 독사처럼 내 가슴을 물어뜯었다.

하늘에 있는 모든 복수가 그년의 머리 위로 쏟아지리라!

하늘의 독기여, 그년이 아직 낳지 않은 자식에게 가 불구로 만들어라.

콘월 세상에, 아버님도, 참!

리어 민첩한 번개여, 눈을 멀게 하는 그 불꽃으로 그년의 오만한 눈을 찔러라! 강렬한 태양에 뿜어 오르는 늪의 독기여, 내려와서 그녀의 얼굴에 옮아 붙어 미모가 썩어 문드러지게 하라!

리건 오, 하느님, 맙소사!

화가 나시면 제게도 그런 저주를 퍼부으시겠군요.

리어 아니다, 리건.

네가 이렇게 저주받을 리 없을 게다.

너는 상냥하고 부드러운 성품을 지녔고 몰인정하지 않을 것이니.

그년의 눈은 사납지만, 너의 눈은 상냥하며 이글거리지 않잖니.

내가 좋아하는 것을 불평하고, 내 수행원을 줄이거나 함부로 말대꾸를 하거나, 내 용돈을 줄이고,

105

내가 들어오지 못하도록 문을 잠그지는 않겠지.

너는 천륜에 따라 인간의 본분과 자식 된 책임과 예의와 은혜를 잘 알고 있을 게다.

내가 왕국의 반을 네 몫으로 준 것을 잊지 않았겠지.

리건 폐하, 요점만 말씀해 주세요.

리어 누가 내 시종에게 족쇄를 채웠느냐?

(밖에서 나팔 소리)

콘웰 밖에 무슨 소리냐?

리건 틀림없이 언니가 오는 소리일 거예요.

편지에서 곧 이리로 오겠다고 했는데, 벌써 왔군요.

(오스왈드 등장)

마님이 오셨느냐?

리어 아니, 이자는 제 여주인의 변덕스러운 은총을 입고 거드름을 피우던 종놈이 아니냐.

내 눈앞에서 썩 꺼지어라. 이놈아!

콘웰 무슨 말씀이십니까?

리어 내 시종에 족쇄를 채운 자가 누구냐?

리건, 너는 정녕 모르는 일이겠지?

106

(거너릴 등장)

리어 누가 온 것이냐? 오, 하늘이여!

늙은이를 가엾게 여기신다면,

그 어진 힘에 복종하길 원하신다면,

당신들도 늙으셨다면, 그런 명분으로 사자를 보내시어

저를 도와주소서! (거너릴에게) 네년은 이 수염을 보고

도 부끄럽지 않느냐? 오, 리건! 너는 저년의 손을 잡으

려는가?

거너릴 왜 손을 잡으면 안 되나요? 제가 뭘 잘못했길

래요?

분별없고 노망난 자가 말하는 무례나 죄는 죄가 아니

지요.

리어 오, 내 심장이 이토록 질기단 말이냐!

이래도 아직 버티느냐! 어찌하여 내 시종에게 족쇄를

채웠느냐?

콘월 제가 채웠습니다.

그러나 그놈이 부린 무례한 언동에 비하면

가벼운 처벌을 내린 겁니다.

리어 자네가, 자네가 그랬단 말인가?

리건 제발, 아버님, 연로하시니 연로하신 분답게 처신
　　　하세요.
　　　아무튼 이제 돌아가셔서 한 달을 채울 때까지 언니 집
　　　에 계시다가 시종들을 반으로 줄여 가지고 제게 오세요.
　　　저는 지금 집을 떠나와 있는 처지라,
　　　아버지를 모시려 해도 준비가 되어 있지 않습니다.

리어 저년에게로 돌아가라고? 오십 명을 내보내고?
　　　싫다. 그러느니 모든 지붕 밑을 버리고,
　　　비바람을 적으로 맞아 싸우며
　　　늑대와 올빼미와 친구가 되며
　　　궁핍의 고통을 맛보겠다. 저년에게 돌아가라고?
　　　어림없다. 차라리 맨몸의 막내딸을 데려간 정열적인
　　　프랑스 왕을 찾아가 그 앞에 무릎을 꿇고 종자처럼 구
　　　차한 목숨을 부지하기 위해 연금을 구걸하겠다. 저년
　　　한테로 돌아가라고?
　　　(오스왈드를 가리키며)
　　　차라리 나더러 이 역겨운 종놈의 종이 되거나
　　　짐을 끄는 노새가 되라고 해라.

거너릴 그럼 마음대로 하세요.

리어 (거너릴에게) 얘야, 제발 나를 미치게 만들지 마라.

나는 이제 너를 괴롭히지 않겠다. 나의 딸아, 잘 있어라.
우리는 더 이상 만나거나 얼굴을 마주할 일도 없을 게다.
하지만 그래도 너는 나의 살이요, 피요, 내 딸이니—
아니 내 살 속에 파고든 병이니, 내 것이라 아니할 수
가 없구나.
너는 종기이고, 역병의 상처이며, 통통 부은 염증이니,
나는 이제 너를 꾸짖지 않겠다.
내가 부르지 않아도 언젠가는 네게도 오욕이 찾아올
것이니.
네게 벼락이 떨어지길 바라거나 조브 신(제우스)께 심
판을 구하지도 않겠다. 할 수 있을 때 마음을 고쳐먹고,
기회를 봐서 좋은 사람이 되어라. 나는 참을 수 있다.
리건에게 머물 수 있으니, 나를 수행하는 백 명과 함께.

리건 그렇게는 안 됩니다.

아직은 아버지가 오시리라 생각지 않았고,
아직 맞을 준비도 되어 있지 않습니다. 언니의 말을 들
으세요.
아버지의 격정을 보아도 사람들은 아버님의 연세를 생
각해
참을 테니까요.

언니는 자기가 하는 일을 잘 알고 있습니다.

리어 지금 진심으로 말하는 게냐?

리건 진심입니다. 그런데 아버님.

아니, 오십 명의 시종들이라고요?

그만하면 되지 않으세요? 그 이상 둘 필요가 있을까요?

아니, 그것도 많지요.

그 수에 따른 비용이나 위험을 생각하면.

어떻게 한 집에서 그 많은 하인들이 두 주인을 섬기며

화목하게 지낼 수 있답니까? 어려운 일이지요. 불가능

해요.

거너릴 아버님께서 동생의 하인이나 제 하인에게 시중

을 받으시면 안 될 이유라도 있습니까?

리건 왜 안 되시죠? 만약 하인이 불손하게 군다면,

저희가 얼마든지 단속하지요. 만약 아버님이 지금 저

희 집에

오시려면—지금도 위험해 보이니—하인들을 스물다섯

명으로 줄여서 오세요. 그 이상에게는 내줄 방도 없고

돌보아 줄 수도 없습니다.

리어 나는 너희들에게 모든 것을 주었는데—

리건 아주 알맞은 때에 주셨지요!

리어 그리고 나는 너희를 나의 후견인으로 일체의 권
력을 맡겼다.

대신 일정한 수의 시종을 둔다는 조건이었지.

그런데 네게 올 때는 스물다섯만 데려오라고—

리건, 네가 정녕 그리 말했느냐?

리건 다시 한 번 말씀드리지만, 폐하. 그 이상은 안 됩
니다.

리어 사악한 짐승들이 어여삐 보일 지경이구나.

다른 것들이 더욱 사악하니. 최악이 아닌 것이 그래도
낫구나.

(거너릴에게) 너에게 가겠다. 오십 명이면 그래도
스물다섯의 곱절이니 네 애정이 저년의 곱절이다.

거너릴 제 말 좀 들어보세요, 폐하.

스물다섯 명이고, 열 명이고, 다섯 명이고 간에,

왜 시종을 둘 필요가 있으세요?

집에는 그 갑절이나 되는 하인들이 언제든지 부르시기
만 하면 아버님의 시중을 들 텐데 말이에요.

리건 한 명도 필요 없을 것 같은데요?

리어 필요를 논하지 마라!

아무리 비천한 거지도 형편없는 물건일망정

여분을 가지고 있는 법이다. 자연이 인간에게 필요 이상의 것을 허용치 않는다면 인간의 삶이 짐승의 삶과 다를 게 있겠느냐.

너는 귀부인이다. 추위를 막아 주는 것만이 옷이라면 네가 입고 있는 화려한 옷은 따뜻하게 해 주지도 못하니

쓸모가 없는 것이 아니냐. 내가 정말로 필요한 것은— 하늘의

신들이여, 내게 인내를 주소서!—내게는 인내가 가장 필요하니!

신들이여! 보시는 바와 같이 이 불쌍한 늙은이는 노쇠하고 슬픔으로 가득하여 비참하나이다!

이 딸년들이 제 아비를 배반하도록 부추기는 것이 당신의 뜻일지라도 내가 이것을 가만히 참고 견딜 만큼 바보가 되게 두지 마소서!

내게 의로운 분노를 주시어, 여자들의 무기인 눈물이 대장부의 뺨을 적시지 않도록 해 주소서!

아니다, 이 사악한 마녀들아!

내 너희 둘에게 복수할 것이다!

온 세상이 알도록—내 꼭 할 것인데—

어떤 것이 될지는 아직 모르지만, 지상을 공포에 떨게
할 것이야!

내가 눈물을 흘릴 거라 생각하느냐.

아니, 나는 울지 않겠다.

울어야 하는 이유야 많다만.

(폭풍우와 태풍이 휘몰아치는 소리)

하지만 이 심장이 수만 갈래로 갈라지기 전엔 울지 않
겠다.

오, 광대야, 나는 미칠 것 같구나!

(리어, 글로스터, 켄트, 광대, 기사 퇴장)

콘월 자, 안으로 들어갑시다. 곧 폭풍우가 올 모양이요.

리건 이 집은 비좁아서 노인네랑 시종들을
모두 머무르게 할 수는 없어요.

거너릴 다 자업자득이지. 스스로 편안함을 버리셨으니
어리석은 행동을 결과를 맛보셔야지 뭐.

리건 아버님 한 분이라면 모르겠지만, 시종은 한 사람
도 안 되겠어요.

거너릴 나도 같은 생각이야.
글로스터 경은 어디에 있느냐?

콘월 노인네를 따라 나갔소. 저기 돌아오는군.

(글로스터 등장)

글로스터 폐하께서 몹시 진노하셨습니다.

콘웰 어디로 가신 게요?

글로스터 말을 부르셨는데, 어디로 가실지 모르겠습니다.

콘웰 가시게 두는 게 낫겠소. 원체 고집대로 하시는 분이니.

거너릴 백작, 성에 머무르라 만류하지 마세요.

글로스터 이제 곧 밤이 오는 데다 바람까지 사나워집니다.

수 마일을 가도 인근에는 수풀조차 없습니다.

리건 백작, 옹고집에게는 스스로 자초한 고난이야말로 좋은 가르침이 될 겁니다.

문을 닫으세요. 오늘 밤은 날씨가 정말 사납군요.

콘웰 리건의 말이 옳소. 어서 폭풍우를 피합시다.

(모두 퇴장)

제3막

제1장

황야

(폭풍우. 천둥과 번개 계속. 켄트와 한 명의 기사가 반대편에
서 등장)

켄트 누구냐, 이 험한 날씨에?

기사 날씨만큼 심란한 마음을 가진 사람이오.

켄트 누군지 알겠군. 폐하는 어디에 계시오?

기사 날뛰는 비바람과 싸우고 계십니다.

  바람더러 더욱 거세져 대지를 바다에 처넣어라,

  파도더러 더욱 솟아 대지를 덮어라,

  만물이 변하거나 사라지라고 명령하고 계십니다.

  백발을 쥐어뜯으시니 맹렬한 돌풍이

그 머리칼을 휘어잡고 무엄하게 희롱합니다.

인간이라는 소우주 속의 폭풍우로 미쳐 날뛰시는 그분은

앞뒤에서 몰아치는 외부의 폭풍우를 압도하고 계십니다.

이런 밤에는 새끼에게 젖을 물려 허기진 곰도 굴속에 숨고

사지와 굶주린 늑대도 비에 젖지 않으려는 하는 법인데

모자도 쓰지 않으시고 뛰어다니시며

닥치는 대로 외치고 계십니다.

켄트 누가 곁에서 모시고 있습니까?

기사 광대밖에는 없습니다. 가슴이 찢어질 듯한 폐하의 고통을

익살로 없애 드리려 애를 쓰고 있지요.

켄트 이보시오. 나는 자네가 어떤 사람인지 잘 알겠소. 그렇기에 그대를 믿고 감히 한 가지 중요한 부탁을 하려 하오. 실은 올버니 경과 콘월 경 사이에는 분열이 일어나고 있다오.

아직 서로의 교활한 꾀에 가려 드러나진 않았지만,

별이 점지한 운명에 따라 높이 오른 자들이라면 이런

일도 없겠지만,

그들의 곁에는 겉으론 충직하나 비밀히 프랑스의 첩자로서

이 나라의 기밀을 낱낱이 보고하는 이가 있다오.

그들은 눈에 띄는 대로, 두 공작의 불화와 음모,

인자하신 노왕을 잔혹하게 박대한 것, 어쩌면 여기에 숨겨진

더 심각하고 비밀스러운 일까지 모두 알려 주고 있다오.

그래, 프랑스 군대가 이 분열된 왕국에 쳐들어온다는 것이 사실이오.

우리가 소홀한 틈을 타, 은밀히 중요한 항구에 상륙하여

공개적으로 깃발을 올릴 준비를 마쳤다 하오.

그러니 부탁이오.

그대가 나를 믿고 도버 항구까지 급히 간다면

그대를 맞아 줄 분이 계실 거요. 그분께 폐하가 지금

얼마나 무지비한 학대를 받고 미칠 듯이 슬퍼하고 계신지

보고해 주시오. 나는 가문 있고 교육받은 신사이며,

그대를 잘 알고 확신을 가지고 있어 이 일을 맡기는

거요.

기사 좀 더 자세한 얘기를 들어 보고 싶습니다.

켄트 아니, 아니오. 내가 겉보기보다는 나은 사람이라

는 증거로

이 돈주머니를 열어 보시고 그 안의 것을 가지시오.

코딜리어 공주를 만나면―틀림없이 만나게 되겠지만―

이 반지를 보이시오. 그러면 당신이 알아보지 못하는

이 사람이 누구인지 말씀해 주실 거요.

폭풍우가 정말 심하게 몰아치는군.

난 가서 폐하를 찾아보겠소.

기사 그럼 악수합시다. 더 하실 말씀은 없습니까?

켄트 한마디만 더. 무엇보다 중요하는 것은

폐하를 발견하거든―당신은 저쪽에서 나는 이쪽에서

찾을 것이니―

먼저 발견한 사람이 큰 소리를 지르는 거요.

(각자 반대편으로 퇴장)

제2장

황야의 다른 곳

(폭풍우 계속. 리어와 광대 등장)

리어 불어라, 바람아, 나의 뺨이 불어터져 찢어지도록
불어라!
하늘의 폭포수와 바다의 태풍이여, 첨탑도 물에 잠기고
풍향계가 침수되도록 쏟아져라.
상념처럼 빠른 유황불 번개여,
참나무도 쪼개는 벼락의 파발꾼이여,
이 백발을 태워 버려라!
천지를 뒤흔드는 천둥이여,
지구의 만삭처럼 둥글게 부푼 배를 쳐 납작하게 만들

어라!

생명을 낳는 자연의 모태를 박살내어

배은망덕한 인간을 만들어 내는 모든 씨를 쓸어 버려라!

광대 아저씨, 비 안 맞는 집 안에서 아첨하는 것이

밖에서 비 맞고 있는 것보다는 나아요.

그러니 아저씨, 돌아가요.

가서 따님께 자비를 청합시다. 이런 밤은 현자에게나

바보에게나 인정사정없어요.

리어 배가 터지도록 울려라! 번갯불을 뿜어라! 비를 쏟아라!

비도, 바람도, 천둥도, 번개도 내 딸은 아니다!

그러니 너희 자연은 불친절하다 나무라지 않으마.

너희에게는 왕국을 물려준 적도 자식이라 부른 적도 없으니

너희가 내게 순종할 이유가 없다. 그러니

마음껏 끔찍한 시련을 내려 보내라.

나는 여기 너희의 노예가 되어 서 있으니.

나는 헐벗고, 병약하고, 무력하고, 천대받는 노인이다.

하지만 너희를 비열한 앞잡이라 부르마.

사악한 두 딸년과 한패가 되어
백발노인을 상대로 하늘의 대군을 몰고 왔구나.
오, 오, 고약하다!

광대 머리를 넣어 둘 집이라도 있는 자는 머리가 좋은
거야.

머리를 넣을 집도 없이
거시기를 넣을 바지만 가지면
머리나 거시기나 이가 들끓지
그래서 거지들이 결혼한다네.
심장이어야 할 것을
발가락으로 만드는 자는
발 대신 심장에 티눈에 생겨
고통에 우느라 밤을 지새우지.

왜냐하면 아무리 미인이라도 거울 앞에선
입을 비쭉여 보지 않는 이가 없거든.

(켄트 등장)

리어 아니, 나는 모든 인내의 귀감이 되겠다.

이제 아무 말 않겠다.

켄트 거기 누구요?

광대 여기요, 은총받은 분과 거시기 가리개. 현자와 바
보요.

켄트 아, 폐하, 여기에 계셨습니까?

밤을 즐기는 짐승도 이런 밤은 좋아하지 않습니다.

성나 날뛰는 하늘이 두려워 어둠을 배회하는 동물들
마저

굴에 숨는 밤입니다. 저리 온 천지를 밝히는 번갯불,

저리 무섭게 울리는 천둥, 저리 으르렁거리는 비바람
소리를

제가 태어나고 지금껏 들어 본 적이 없습니다.

인간의 천성으로는 이러한 육신의 고통과 무서움은

견디질 못합니다.

리어 우리의 머리 위로 이런 무시무시한 소동을 일으
키는

위대한 신들이 지금 당장 자신의 적들을 찾아내리라.

벌벌 떨어라, 범죄를 가슴속에 숨겨 두고도 아직 처벌
받지 않은 이들이여.

어서 숨어라, 살인하고 위증하고 근친상간하고도

미덕을 가장한 자들이여, 사지가 떨어져 나가게 떨어라.

은밀하고 교묘히 사람의 눈을 속이고 남의 목숨을 농

락한 자,

마음속 깊숙이 숨겨 둔 죄악들아, 은신처가 발각되어

너희를 불러낸 이 무시무시한 신들께 자비를 빌어라.

나는 죄를 짓기보다 남이 나에게 진 죄가 더 많은 자

이다.

켄트   아니, 모자도 쓰지 않으시고?

폐하, 이 근처에 오두막이 하나 있습니다.

거기라면 이 폭풍우를 잠깐 피하실 수 있으실 겁니다.

거기에서 휴식을 취하십시오. 그사이에 저는 그 냉혹

한 집—

그 집을 쌓아 올린 돌보다도 더 차가운 그 집에 가 보

겠습니다.

좀 전에도 폐하를 찾던 제가 집에 들어가는 것을 막아

서던

그 집에 다시 가서 그들에게 부족한 인정이나마

억지로 짜내 보겠습니다.

리어   내 머리가 도는 것 같구나.

이리 오너라. 꼬마야. 어떠냐? 추우냐?

나도 춥구나. 그 짚으로 만든 오두막은 어디 있느냐?

궁핍이란 놈은 신묘한 재주가 있어,

하찮은 것을 소중한 것으로 바꿔 주는 구나.

자, 네 오두막으로 가자. 불쌍한 바보 녀석.

내 마음 한구석엔 아직도 너를 불쌍히 여기는 구석이

남았구나.

광대　(노래한다)

지혜가 조금이라도 있는 자라면

바람 부는 날도 비 오는 날도

팔자소관이다 생각하고 만족해야지

허구한 날 주구장창 비가 내리더라도.

리어　옳은 말이다, 얘야.

자, 그 오두막으로 안내해라.

(리어와 켄트 퇴장)

광대　오늘 밤은 창녀의 욕정을 식혀 줄 만큼 대단한 밤
이로구나.

가기 전에 한마디 예언을 해야겠군.

사제가 행동보다 말이 앞서면

양조업자가 누룩에 물을 섞으면

귀족이 재봉사를 가르치려 들면
이교도가 아니라 난봉꾼을 화형하려 들면
그때는 이 알비온 왕국(영국)에
큰 혼란이 오리라.
모든 재판이 법에 따라 공정히 판결나면
가난하고 빚진 기사도, 시종도 없으면
비방하고 모략하는 사람이 없으면
소매치기가 무리 사이에서 사라지면
고리대금업자가 드러내 놓고 돈을 세면
뚜쟁이와 창녀가 교회를 세우면
그때는 살아 있는 자는 누구든 보게 될 거야.
두 발이 걷는 데 사용되는 것을.
이 예언은 멀린이 하게 될 거야.
나는 그보다 앞선 시대를 살고 있으니.

(퇴장)

제3장

글로스터 백작의 성

(글로스터와 에드먼드 등장)

글로스터 아, 슬프구나, 에드먼드.
　이렇게 자연의 이치에 어긋나는 일을 좋아할 수가 없구나.
　폐하를 불쌍히 여겨 돕고자 허락을 구했더니,
　공작 부부가 도리어 내 성을 몰수하고
　폐하에 관한 이야기를 꺼내는 것은 물론,
　폐하를 위해 간청하거나, 보살피려 들면
　평생 그들의 미움을 살 것이라 불호령을 내리셨다.
에드먼드 참으로 잔인하고 몰인정한 처사입니다!

글로스터 아니, 그만. 아무 말도 하지 말아라. 양 공작 사이에

불화가 있는데, 그보다 더 나쁜 일이 일어나고 있다는구나.

오늘 밤 편지 한 통을 받았는데 그것이 입에 담기에도 위험한지라 벽장 속에 넣고 잠가 두었다.

폐하께선 지금 당하신 모욕을 철저하게 복수하게 되실 거야. 이미 군대의 일부가 상륙했고, 우리는 폐하의 편을 들어야 한다. 나는 폐하를 은밀히 찾아가 도움을 드릴 것이니 너는 가서 공작과 대화를 나누어 나의 도움을 알아차리지 못하도록 해라. 그가 나를 찾거든 몸이 아파 자리에 누웠다고 전하고, 내 비록 이 일로 죽는 한이 있더라도—지금 그런 위협을 받고 있지만, 오랫동안 모시던 폐하를 돕지 않을 수 없지.

이상한 일들이 벌어질 것이다. 에드먼드, 부디 너도 조심하여라.

(퇴장)

에드먼드 아버지가 이런 금지된 일을 저질렀다는 것을 공작께 알려야겠다. 편지도 함께. 이건 큰 상을 받을게 분명해.

아버지가 잃은 것은 내가 얻게 될 거야. 하나도 남김없이 모조리.

노인이 쓰러지면 젊은이가 일어나는 법.

(퇴장)

제4장

황야의 오두막 앞

(리어, 켄트, 광대 등장)

켄트   여기입니다. 폐하, 안으로 드시지요.
  거센 폭풍우가 치는 허허벌판에서 밤을 보내는 것은
  인간의 몸으로는 감당할 수 없습니다.

(폭풍우 계속)

리어   날 혼자 내버려 두게.

켄트   폐하, 이리로 들어가시지요.

리어   내 가슴을 찢어 놓으려 하느냐?

켄트   차라리 제 가슴을 찢어 놓고 싶습니다. 폐하. 부디
  들어가시지요.

리어 자네는 이 휘몰아치는 폭풍우가 우리의 살갗을
파고드는 것이 그리 유별난 것인가 보구나. 자네에겐
그럴 테지.

그러나 더 심각한 병에 걸려 있으면 작은 병은 느껴지
지 않는 법이다.

곰을 만나면 피하려 할 테지. 그러나 달아날 길이 분노
하는

바다뿐이라면 곰과 맞서 싸워야 하는 법. 마음이 편
하면

육체의 아픔을 느끼기 쉽다.

허나 내 마음 속에 부는 태풍이 내 모든 감각을 빼앗고
오직

남긴 것이라곤 가슴을 치는 고통뿐이라네. 배은망덕한
자식이라는!

이건 입이 음식을 먹여 준 손을 물어뜯는 것과 같지 않
은가?

철저히 갚아 줄 것이다! 이제는 더 이상 울지 않겠다!
이런 날씨의 밤에 나를 문밖에 내쫓다니!
비야, 억수같이 퍼부어라. 나는 견디겠다.
오늘 같은 이런 밤에! 오, 리건, 거너릴!

이 늙고 인자한 아비를, 기꺼이 모든 것을 준 나를!

오, 이렇게 생각하다간 미쳐 버리겠구나.

그것만은 말아야지. 더 이상 말을 말자!

켄트 폐하, 여기로 들어가십시오.

리어 부디 자네나 들어가게. 가서 휴식을 취하게.

이 태풍은 마음을 아프게 할 것을 숙고하도록

나를 내버려 두지 않을 걸세. 하지만 들어가겠네.

(광대에게) 들어가라, 아이야. 먼저 들어가.

집도 없는 가난이라니. 아니, 들어가라.

나는 기도를 올리고, 그리고 자겠네.

(광대 퇴장)

헐벗고 불쌍한 자들이여, 어디에서 머물면서

이 냉혹한 폭풍우에 시달리고, 머리 누일 집도 없이,

굶주려 배를 쥐고, 구멍 뚫린 넝마를 걸치고

이 사나운 날씨를 어찌 견디어 내는가?

오, 나는 여태 이들에게 너무 무심했도다.

약으로 삼을지어다. 부귀영화를 누리는 자들이여.

스스로 비바람에 노출되어 불쌍한 자들이 느끼는 바를

몸소 느낄지어다. 그리하여 남는 것은 그들에게 나눠

주고

하늘이 공평하다는 것을 보여 주어라.

에드거 (안에서) 한 길 반, 한 길 반. 불쌍한 톰!

(광대 등장)

광대 들어오지 마세요, 아저씨. 여기 유령이 있어요!
  사람 살려! 사람 살려요!

켄트 내 손을 잡아라. 거기 누구냐?

광대 유령, 유령이야. 이름은 불쌍한 톰이래.

켄트 지푸라기 속에서 중얼대고 있는 네놈은 누구냐?
  이리 나와라!

(미치광이로 변장한 에드거 등장)

에드거 꺼져라! 고약한 마귀가 나를 쫓아오네!
  날카로운 가시나무 사이로 찬바람이 불어온다고.
  엇 추워! 얼른 잠자리로 들어가 몸을 녹이라고.

리어 너도 네 딸들에게 모든 것을 주어 버렸는가?
  그래서 이 지경이 된 것이냐?

에드거 누가 불쌍한 톰한테 뭘 준다는 거야? 악마가 나

를 끌고

화염과 진창과 늪지대와 여울과 소용돌이 속으로 끌고
다녔어.

그놈은 내 베게 밑에 칼을 숨겨 두고,

의자에 목매달 밧줄을 매어 두고 죽 그릇 옆에는 쥐약
을 두었지.

우쭐해진 그는 갈색 말을 타고 사 인치 너비의 다리를
건너서 내 그림자를 배신자로 알고 쫓아가기도 했다오.

당신의 멀쩡한 제정신에 축복이 있으라!

톰은 추워요. 오, 덜, 덜, 덜, 덜.

회오리바람과 별이 내리는 재앙, 염병으로부터

신의 가호 있길 빌어요! 불쌍한 톰에게 자선을 베푸
세요!

비열한 악마가 괴롭혀요. 방금 저기에서 놈을 붙잡을
수 있었는데.

저기, 다시 저기, 그리고 저기서!

(폭풍우 계속)

리어 저자도 딸들이 저 지경으로 만들었단 말이냐?
자신에게 아무것도 남기질 못했느냐? 모조다 다 주어
버린 것이야?

135

광대   아니, 담요는 한 장 남겨 뒀지.

그러지 않았으면 창피해서 볼 수도 없었겠네요.

리어   대기 속을 떠돌며 죄를 진 인간을 덮치는 온갖 염
병이란 염병은 다 네 딸년들 머리 위에 떨어질지어다!

켄트   이자에게는 딸이 없습니다, 폐하.

리어   죽어라, 반역자야! 불효하는 딸년들이 아니고서야
인간을 이토록 비참하게 만드는 것이 무엇이란 말이냐!
버림받은 아비들의 육신이 이토록 무참한 취급을 당하
는 것이 유행이더냐? 지당한 처벌이구나!

바로 이 육신이 그 펠리컨* 같은 딸년을 낳았으니!

에드거   필리콕은 필리콕 언덕에 앉아 있었지.

얼로우, 얼로우, 루, 루!

광대   이렇게 추운 밤은 우리 모두를 바보와 미치광이
로 만들 거야.

에드거   비열한 악마를 조심세요. 부모의 말에 순종하
세요.

---

* 중세 시대에는 펠리컨을 사랑이 많은 동물이라 하여, 어미 새가 자신의 피
와 살로 새끼를 먹여 키운다고도 하고 새끼가 부모 새의 가슴을 쪼아 그 피
를 빨아 먹어 부모 새를 죽게 한다고 보았다. 따라서 어미 펠리컨은 자신의
몸을 희생하여 자식을 돌보는 부모를 상징하며, 리어 왕은 자신이 딸들에
의해 피가 빨리고 그들을 위해 희생당하고 있다고 보고 있다.

약속은 꼭 지키고, 함부로 맹세하지 말며,

　　남편 있는 여자와는 사귀지 말며,

　　연인을 화려하게 치장하지 말라. 톰은 추워요.

리어　너는 전에 무엇을 하였느냐?

에드거　오만한 정신과 마음을 한 하인이었죠.

　　머리는 곱슬곱슬하게 말고 모자에는 장갑을 달고

　　주인마님의 욕정을 채워 주고, 함께 못된 짓거리도

　　했죠.

　　입만 열면 맹세하고, 하늘에 대고 그 맹세를 깼다오.

　　잠들 때는 욕정을 채울 생각을 하고 잠에 깨면 실행했죠.

　　술을 좋아하고 도박을 즐겼으며 여자는 터키 왕보다

　　더 좋아했죠.

　　마음은 비뚤어지고, 귀는 얇고, 손에서는 피비린내가

　　나며,

　　게으르기는 돼지 같고, 교활하기는 여우 같고, 욕심 많

　　기는 늑대 같고, 미쳐 날뛰기는 들개 같고, 물어뜯는

　　데는 사자 같은 망나니였다오.

　　구두 딸깍이는 소리나 비단옷 스치는 소리에 여자에게

　　마음을 빼앗겨선 안 되지. 사창가엔 가지 말고, 치마

　　사이에 손을 넣지 말고, 빚 장부엔 이름을 올리지 말

며, 악마는 몰아내야 해요.

아직도 날카로운 가시나무 사이로 찬바람이 불어와요,

숨. 문, 헤이, 노, 노니. 돌핀, 얘야, 얘야, 저리 가!

그놈이 지나가게 둬.

리어 너는 맨몸으로 이 심한 비바람을 맞고 섰으니,

무덤 속에 누워 있는 게 낫겠구나.

인간이란 이것밖엔 안 되는가? 저 사람을 잘 보아라.

너는 누에한테 비단도 못 얻고, 짐승한테 가죽도, 양한

테 털도, 고양이한테 사향도 얻지 못했단 말인가?

하! 여기 세 사람은 치장을 하고 있지만 너만은 타고난

그대로구나.

문명의 이기에서 제외된 사람은

너처럼 그저 불쌍하고, 헐벗고, 두 다리가 달린 짐승뿐

이다.

벗자. 어서. 이 빌린 옷들을! 자, 여기 단추를 끌러 다오.

(리어가 자신의 옷을 찢는다)

광대 제발, 아저씨. 참으세요.

오늘 밤은 수영하기엔 험악한 날씨라고요.

아니, 이런 황량한 벌판에 불빛이 꼭 늙은 난봉꾼의 심

장 같구나.

작은 불씨일 뿐 나머지 몸통은 식어 가니. 저것 봐!
불이 이쪽으로 걸어와요.

(글로스터, 횃불을 들고 등장)

에드거 저것은 비열한 악마 플리버디지벳이야.
  저놈은 저녁 종이 칠 때부터 첫닭이 울 때까지 돌아다
  니지.
  사람 눈에 백내장을 옮기고 사팔뜨기와 언청이를 만
  들며
  밀가루에 곰팡이를 피우고 땅 위의 불쌍한 생명체들을
  괴롭힌다네.
(노래한다)
  성자 위홀드가 들판을 세 바퀴 돌다가
  악몽과 악몽의 아홉 자식을 만나니
  그만두라 명하고 진실을 맹세케 했네.
  그러니 꺼져라, 마녀야, 꺼져라!
켄트 괜찮으십니까, 폐하?
리어 저 사람은 누군가?
켄트 거기 누구요? 무엇을 찾고 있소?

글로스터   당신들은 누구요? 이름이 뭐요?

에드거   불쌍한 톰이지. 헤엄치는 개구리, 두꺼비, 올챙
이, 도마뱀, 도롱뇽도 다 먹는.

악마가 화가 나 나대면 푸성귀 대신 소똥을 먹고

늙은 쥐나 하수구에 빠진 개도 먹고, 고여 있는 웅덩이
물을

이끼 채 마시지. 이 마을에서 저 마을로 매를 맞고 다
니며,

족쇄에 묶이고, 감옥에 갇히지. 그래도 윗도리는 세 벌,
몸에는 여섯 벌 옷을 걸치지. 말을 타고 칼도 차고 다
니지.

생쥐와 쥐와 작은 동물이 지난 칠 년간 톰의 음식이었지
나를 따라다니는 놈을 조심해! 조용히 해, 스멀킨! 닥
쳐, 이 악마야!

글로스터   아니, 폐하를 모시는 사람이 이런 자밖에 없
습니까?

에드거   어둠의 왕자는 신사야! 모도와 마후라 불리지.

글로스터   폐하, 혈육인 자식 놈도 어찌나 악독해졌는지
자신을 낳아 준 어버이를 미워하는 세상이 되었습니다.

에드거   불쌍한 톰은 추워.

글로스터 저와 함께 안으로 드시지요. 폐하의 신하 된
　　도리로서

　　저는 따님들의 잔혹한 명령에 따를 수 없었습니다.

　　그들의 명령은 제 집의 문을 걸어 잠그고 이 사나운 밤
　　의 비바람이 폐하를 맞이하게 두는 것이었으나, 폐하
　　를 위해

　　불과 음식이 있는 곳으로 모시고자 이렇게 찾아왔습
　　니다.

리어 먼저 이 철학자와 이야기를 나누게 해 다오.

　　(에드거에게) 천둥의 원인이 무엇이오?

켄트 폐하, 이분의 말씀을 따라 안으로 드시지요.

리어 이 현명한 테베 학자와 이야기를 좀 하고 싶구나.

　　(에드거에게) 무엇을 공부하시오?

에드거 악마를 퇴치하고 이를 잡아 죽이는 방법이지.

리어 은밀히 한마디만 물어보겠네.

켄트 한 번 더 들어가자고 간청하시지요.

　　폐하의 정신이 불안정해지셨습니다.

글로스터 그것도 무리는 아니지요.

(폭풍우 계속)

　　따님들이 폐하를 죽이려 하고 있으니. 아, 그 훌륭한

켄트!

이렇게 되리라고 그가 말했는데. 가엾게도 추방되었답니다!

폐하가 미쳐 간다고 하셨소? 내 말 좀 들어 보시게. 친구여.

나 자신도 거의 미칠 지경이라오. 내게 아들이 하나 있는데, 지금은 혈육의 인연도 끊었다네. 그놈이 최근에, 아주 최근에 내 목숨을 노렸다오.

세상의 어떤 아비보다도 그 애를 사랑했는데, 친구여. 사랑했어.

정말이지, 그 슬픔으로 나는 머리가 돌아 버릴 지경이라오.

참, 이 무슨 밤이란 말인가! 폐하, 간청드리니—

리어 오, 용서하게. 제발.

(에드거에게) 고귀한 철학자여, 함께 가시지요.

에드거 톰은 추워요.

글로스터 들어가게. 저기, 오두막으로. 가서 몸을 녹이게.

리어 자, 모두들 들어가자.

켄트 이쪽입니다. 폐하.

리어 저 사람도 함께 가자.

나는 저 철학자 선생과 항상 함께 지낼 거야.

켄트 말씀대로 해 드리지요. 저 사람을 데려가게 하세요.

글로스터 당신이 그자를 데려오시오.

켄트 여보게, 가자. 우리와 함께 가자고.

리어 어서 가자, 아테네 선생.

글로스터 말은 그만, 더 이상 말은 말고. 쉿!

에드거 어린 롤랑이 어두운 탑에 도달해

　암호는 언제나 "파이, 포, 펌

　영국인의 피 냄새가 물씬거리는구나."

(모두 퇴장)

제5장

글로스터의 성

(콘웰과 에드먼드 등장)

콘웰 이 성을 떠나기 전에 기필코 이 원수를 갚겠다.
에드먼드 공작님, 자식 된 도리를 저버리고
  공작님께 충성을 바친 것이 알려지면
  세상으로부터 어떤 비난을 받을지 생각만 해도 두렵습
  니다.
콘웰 이제 보니, 자네 형이 아비를 죽이려 한 것이
  그의 악한 마음 때문이 아니라,
  자네 아비가 가진 사악한 성품이 자네 형을 자극한 것
  이로구먼.

에드먼드   제 운명은 참으로 기구합니다.

옳은 일을 하고도 자책을 해야 하니!

이것이 아버님이 말씀하신 편지인데,

보시면 아버지가 프랑스의 첩자였다는 사실이

드러날 겁니다. 오, 하늘이시여! 이런 반역의 음모가

없었다면!

이를 고발하는 자가 내가 아니었다면!

콘웰   나와 함께 공작 부인에게로 가세.

에드먼드   이 편지의 내용이 사실이라면,

공작께서는 큰일에 대비하셔야 할 겁니다.

콘웰   사실이건 아니건, 자네는 이제부터 글로스터 백작

이 되었네.

자네 아버지를 찾아내게. 당장 체포하겠네.

에드먼드   (방백) 아버지가 왕을 돕고 있는 현장이 발견

되면

공작의 의심이 굳어질 게다.

(큰 소리로) 혈육의 정으로 고통받을지라도

끝까지 충성의 길을 걷겠습니다.

콘웰   자네를 믿네. 나의 총애로 아버지의 사랑보다

더한 사랑을 받게 될 걸세.

(모두 퇴장)

제6장

글로스터 성 부근의 농가

(글로스터, 리어, 켄트, 광대, 에드거 등장)

글로스터 여기가 들판보다는 낫습니다. 감사하게 여깁
시다.

폐하를 편안히 모시기 위해 내가 할 수 있는 것을 찾
겠네.

오래 걸리지 않을 것이오.

켄트 폐하께서는 울화로 분별력을 잃으셨습니다. 그
러나

이리 정성을 다하시는 당신께 신의 가호가 있을 것입
니다!

(글로스터 퇴장)

에드거　악마 프라테레토가 나를 불러 말하네.

　　네로 황제는 지옥에서 호수에서 낚시를 하고 있다더군.

　　기도해. 순진한 녀석아. 비열한 악마를 조심하라고.

광대　아저씨, 맞춰 봐요. 미치광이는 신인지 자유농민

　　인지.

리어　왕이지, 왕이야.

광대　틀렸어. 신사를 자식으로 둔 자유농민이야. 자기

　　보다 먼저

　　아들을 신사로 만들었으니 미친 농민이지.

리어　천 마리의 악마가 붉게 달궈진 쇠꼬챙이를 들고

　　쉭쉭 소리를 내며 그년들에게 달려들었으면!

에드거　비열한 악마가 내 등을 물고 있네.

광대　늑대를 길들이고

　　말이 병에 안 걸리고

　　어린애들 사랑이 오래가고

　　창녀의 맹세를 믿는 것은

　　모두 미친 짓.

리어　그렇게 만들겠다. 그년들을 재판장에 앉히겠어.

　　(에드거에게) 자, 이리와 앉게. 박식한 재판관 나리.

(광대에게) 그대 현자도 여기 앉게. 자, 너희 암여우들
아.

에드거 봐요. 저기 악마가 서서 노려보네요!

재판의 방청객이 필요치 않으세요, 부인?

(노래한다)

냇가를 건너 내게 오라. 베씨, 내게로.

광대 (노래한다)

그녀의 배는 물이 샌다오.

그래도 그녀는 말을 못 해.

왜 그대에게 건너가지 못하는지.

에드거 나이팅게일의 목소리를 한 악마가 불쌍한 톰을
쫓아와요.

악마 호프댄스가 청어 두 마리만 달라고 톰의 배 속에
서 외쳐 대요.

꽥꽥대지 마, 이 시커먼 악마야. 네게 줄 음식은 없어.

켄트 좀 어떠신지요, 폐하?

그렇게 멍하니 서 계시지 마시고,

푹신한 자리에 좀 누우셔서 쉬시지요.

리어 먼저 재판을 해야겠다. 증인들을 불러라.

(에드거에게) 법복을 입은 재판관 나리는 자리에 앉으
시오.

(광대에게) 그대는 동료 재판관이니 그 옆에 앉으시죠.

(켄트에게) 그대도 위임받은 재판관이니 함께 앉으시오.

에드거 공정하게 처리하지.

　자느냐, 깼느냐, 즐거운 목동아?

　양 떼가 옥수수밭을 망치고 있네.

　작은 입으로 한 번만 피리를 불면

　양들이 작물을 해치지 않으리.

　야옹! 고양이는 회색이야.

리어 저년을 먼저 끌어내라. 거너릴 말이다.

　나는 여기 모인 존경하는 여러분 앞에서 맹세컨대,

　저년은 불쌍한 국왕이자 아버지인 나를 발로 차 내쫓

　았다오.

광대 이쪽으로 오시오. 부인 이름이 거너릴이오?

리어 아니라곤 못할 게다.

광대 어이구, 이런. 난 당신이 의자인 줄 알았소.

리어 그리고 또 한 명, 그 찌푸린 얼굴만 봐도

　심사가 어떻게 뒤틀려 있는지 알 수 있지.

　저년을 붙잡아라!

무기, 무기를 들어라! 칼을 뽑고 불을 켜라!

이곳도 부패했구나!

부패한 재판관아, 왜 저년이 도망치게 내버려 둔 거냐?

에드거   제정신을 차리시도록 축복을.

켄트   오, 가여우신 폐하. 그토록 자랑스러워하시던 참
을성은

어디에 두고 이러십니까?

에드거   (방백) 흐르는 눈물이 내 변장과 거짓 역할을 망
쳐 놓겠구나.

리어   기르던 강아지까지—트레이, 블랜치, 스위트하트—
저것들도 나를 보고 짖는구나.

에드거   톰이 제 머리를 저들에게 던져 줄게요.

꺼져라, 들개들아!

네놈의 주둥이가 검든 희든 이빨에 물리면 독이 오르든

마스티프, 그레이하운드, 더러운 잡종 개

사냥개, 애완견, 암캐, 수캐, 꼬리가 짧은 개, 꼬리가 늘
어진 개,

톰이 깽깽대며 울게 해 주겠다.

내가 머리를 이렇게 던지면

개들을 울타리를 넘어 달아나지.

도, 데, 데, 데. 세세!

자, 철야 축제와 장터로, 시장통으로 나가자.

불쌍한 톰, 불로 만든 동냥 그릇이 비었구나.

리어 그놈들에게 리건을 해부하게 시켜서

그년의 심장에서 뭐가 자라는지 보게 하여라.

자연은 어찌하여 이토록 냉혹한 심장을 만들어 내는가?

(에드거에게) 여봐라, 자네를 내 백 명의 기사 중에

한 사람으로 맞아들이겠다. 다만 그 옷차림이 마음에

들지 않으니, 너는 그걸 페르시안 옷이라 하겠지만, 바

꾸도록 하게.

켄트 폐하, 이제 여기에 누워 잠시 쉬도록 하십시오.

리어 떠들지 마라. 떠들지 마. 커튼을 쳐 다오. 그래, 그

래, 그래.

저녁은 아침에 먹도록 하지. 그래, 그래, 그래.

광대 그럼 나는 대낮에 잠자리에 들 거야.

(글로스터 등장)

글로스터 여보게. 이쪽으로 오시게, 친구. 왕께선 어디

에 계신가?

152

켄트 여기에 계십니다. 하지만 깨우지는 마십시오.

제정신이 아니십니다.

글로스터 여보게. 제발 폐하를 안아 일으키게.

폐하를 시해하려는 음모를 엿듣고 왔다네.

들것을 준비해 왔으니 거기에 모시고, 도버로 급히

가세.

그곳에 가면 환영과 보호를 받을 것이야. 어서 폐하를

안아 일으키게.

반시간만 지체해도 폐하의 목숨은 물론, 자네의 목숨과

폐하를 지키려는 모든 사람들의 목숨까지 위험해지네.

들어 올리게. 어서. 자, 나를 따라오게. 필요한 차비를

차리도록 서둘러 안내하겠네.

켄트 지칠 대로 지치셔서 잠에 드셨군.

이 휴식으로 폐하가 잃어버리신 기력을 되찾는다면 좋

으련만.

그나마 여의치 않으면 치유되시기 어려울 것이야.

(광대에게) 자, 와서 도와 다오. 폐하를 옮겨 드려야지.

뒤에 남아 있지 말게.

글로스터 자, 어서 빨리 갑시다!

(에드거만 남고 모두 퇴장)

에드거　신분이 높으신 고귀한 분도 우리와 같은
고난을 겪고 계신 걸 보니 우리의 비참함이 대단치 않
게 보이는구나.

홀로 고통스러워하는 자는 마음이 괴로워 자유롭고 행
복했던 삶은 잊어버리지. 하지만 슬픔을 나눌 벗이 있
으면 마음의 괴로움도 한결 덜하게 된다. 이제 보니 내
가 가진 괴로움은 얼마나 가볍고 견딜 만한 것인지. 나
의 허리를 숙이게 한 괴로움이 왕의 허리마저 굽히게
하고 있구나. 내가 아버지 때문이듯 왕께서도 딸들 때
문에 고통받고 계시니.

톰, 가자! 때가 되면 정체를 밝혀야지.

언젠가는 나의 명예를 더럽힌 오해가 사라지고 나의 무
고함이 드러나 부자간에 화해할 날이 오게 될 것이야.

오늘밤은 무슨 일이 있어도 폐하께서 무사히 피신하
시길!

숨어서 때를 기다리자!

(퇴장)

제7장

글로스터의 성

(콘월, 리건, 거너릴, 에드먼드와 하인들 등장)

콘월 (거너릴에게) 남편인 올버니 공작께 사람을 보내어
급히 이 편지를 전달케 하시오.
프랑스군이 상륙했소.―반역자 글로스터를 찾아라.
(몇 명의 하인들 퇴장)

리건 그자를 당장 교수형에 처하세요.

거너릴 그자의 눈알을 뽑아 버리세요.

콘월 그자의 처리는 내게 맡겨요.
에드먼드. 자네는 우리 처형과 동행하게.
반역자인 자네 아버지에 대한 우리의 보복은

자네가 보기엔 적합지 않을 듯싶네.

올버니 공작을 만나면 준비를 서둘러 달라고 이르게.

우리도 서두를 것이니.

우리 사이의 연락은 신속하고 정확히 해야 하네.

잘 가시오, 처형. 잘 가게, 글로스터 백작.

(오스왈드 등장)

그래, 어찌 되었느냐. 왕은 어디 계시냐?

오스왈드 글로스터 백작께서 모시고 가셨습니다.

왕을 모시던 서른대여섯 명의 기사들이 혈안이 되어 찾다가

대문에서 왕을 만나 백작의 하인 몇 사람과 함께 도버로 떠났답니다.

그곳에는 무장한 동지들이 있다고 자랑했습니다.

콘웰 가서 주인마님이 타실 말을 준비해 놓도록 해라.

(오스왈드 퇴장)

거너릴 그럼 안녕히 계시지요, 공작. 그리고 동생아.

콘웰 에드먼드, 잘 가게.

(거너릴과 에드먼드 퇴장)

156

어서 가서 반역자 글로스터를 찾아라.

도둑놈처럼 묶어 내 앞에 대령하라.

(하인들 퇴장)

재판 절차도 따르지 않고 사형을 선고할 수는 없으나

이 분노를 달래기 위해 권력을 행사할 것이니,

사람들이 비난은 하겠지만, 감히 어쩌지는 못할 것이다.

(글로스터가 두세 명의 하인들에 의해 끌려온다)

거기 누구냐? 반역자냐?

리건   배은망덕한 여우 같은 그놈이군요.

콘웰   저놈의 늙은 팔을 묶어라.

글로스터   왜 이러십니까? 공작님?

두 분은 저의 친구이시자, 제 집의 손님이십니다.

이런 무도한 짓을 멈추십시오.

콘웰   저자를 묶어라.

(하인들이 글로스터의 손을 묶는다)

리건   더 세게! 더 세게 묶어라! 이 추잡한 반역자 놈!

콘웰   이 의자에 그자를 묶어라. 악당, 이제 알게 될
게다―

(리건이 글로스터의 수염을 뽑는다)

글로스터   오, 자비로운 신들에 맹세코, 이런 잔인한 짓

157

을 하다니!

리건   이런 백발로 반역을 기도해?

글로스터   이 악독한 부인이여, 당신이 뽑은 내 수염이
한 올 한 올

되살아나 당신의 죄를 물을 것이오. 나는 이 집의 주인
이오.

주인의 환대를 이토록 무자비한 강도 짓으로 짓밟다니.
어쩌시려는 거요?

콘웰   자, 프랑스에서 무슨 편지를 받았는지 말하라.

리건   솔직히 말해라. 우리는 이미 사실을 다 알고 있다.

콘웰   이 왕국에 상륙한 반역자들과 무슨 음모를 꾸미
고 있느냐?

리건   그 미친 왕은 어디로 보낸 거냐? 말해라!

글로스터   내가 받은 것은 추측에 근거한 편지 한 통이오.
그나마도 중립적인 사람에게 온 것이지,

결코 반대편에서 온 것이 아니오.

콘웰   교활하구나.

리건   거짓말이다.

콘웰   왕은 어디로 보냈느냐?

글로스터   도버로 모셨소.

리건 왜 도버로 보냈지? 네 목숨은 잃을 각오는 됐겠지?

콘월 왜 도버로 보냈느냐? 대답하라.

글로스터 기둥에 묶인 신세이니, 이를 참아야 한다.

리건 왜 도버로 보냈느냐 묻지 않느냐?

글로스터 왜냐하면,

당신의 잔인한 손톱이 불쌍한 노왕의 두 눈을 뽑아 버리거나

부인의 악독한 언니가 그 멧돼지 같은 이빨로

폐하의 몸을 물어뜯는 꼴을 볼 수가 없어서였소.

지옥같이 캄캄한 밤에 험한 폭풍을 맨머리의 그분이

견디시는 모습에 바다마저 솟아올라 별빛을 가리려 할

정도였고 하늘에서 더 많은 비가 쏟아질 정도였소.

그 무서운 시간에 늑대가 그대의 문 앞에 서서 짖는다면

당신은 이렇게 말했어야 했소.

"착한 문지기야. 열어 주어라. 아무리 잔인한 짐승이지만 불쌍하지 않은가."

내 날개 달린 복수의 신이 당신들을 덮치는 꼴은 꼭 보고야 말겠소.

콘월 네놈은 그걸 결코 보지 못할 것이다! 여봐라!

의자를 단단히 붙잡아라.

내 이놈의 두 눈깔을 발로 밟아 주겠다.

글로스터 늙을 때까지 살기를 바라는 자는 부디 나를
도와주시오!

오, 잔혹하도다! 오, 신이시여!

(콘웰이 글로스터의 한쪽 눈알을 뽑는다)

리건 한쪽 눈이 다른 쪽을 비웃을 테니, 나머지 눈알마
저 뽑아 버려요!

콘웰 복수의 신을 만나거든—

하인1 멈추세요, 공작님. 저는 어릴 적부터 공작님을 모
셔 왔으나 지금 그만두시라 말씀드리는 것보다 더 충
성된 말을
드린 적이 없습니다.

리건 뭐가 어쩌고 어째? 이 개 같은 놈이?

하인1 만약 그 턱에 수염이 나 있거든 이 손으로 뽑아
버렸을 거요.

리건 뭐라 했나?

콘웰 이 악당 같은 놈이!

(하인1에게 달려들어 싸운다)

하인1 그렇다면 할 수 없죠. 자, 덤비시죠.

리건 내게 당신의 검을 주세요. 농사꾼 주제에 대들어?

(리건이 하인의 등을 찔러 죽인다)

하인1 오, 죽는구나! 백작님.

　남은 한쪽 눈으로 제가 그에게 입힌 상처를 봐 주세요.
　오!

(죽는다)

콘웰 더는 볼 수 없게 만들어 주마.

　나와라, 이 더러운 젤리 같은 눈알아!

(글로스터의 다른 쪽 눈알을 뽑는다)

　이제 빛이 사라졌지?

글로스터 온 세상이 캄캄하고 고통스럽구나!

　내 아들 에드먼드는 어디에 있는가?

　에드먼드, 너의 효심의 불꽃을 피워 이 끔찍한 일을 멈
　춰 다오!

리건 꺼져라, 이 반역자 놈아!

　네가 부르는 사람은 너를 미워한다.

　네가 저지른 반역을 고한 사람이 바로 그 사람이니,

　너를 동정하기엔 너무 선한 사람이다.

글로스터 오, 내가 어리석었구나!

　그렇다면 에드거는 모함을 당한 거야!

　신이시여! 저를 용서하시고, 에드거를 축복하소서!

리건   가서 저놈을 대문 밖으로 내쫓아라!

　도버까지 냄새나 맡으며 찾아 가라고 해!

(한 명의 하인이 글로스터를 데리고 퇴장)

　어쩌세요, 공작님? 괜찮으세요?

콘월   상처를 입었소. 따라오시오, 부인.

　저 눈깔 빠진 악당은 쫓아내시오.

　이 하인 놈은 쓰레기 더미에 던져 버리고.

　리건, 출혈이 심하오. 좋지 않은 때에 상처를 입었구려.

　날 좀 부축해 주오.

(두 사람 퇴장)

하인2   이 따위 인간이 잘된다면,

　내가 어떤 사악한 일을 저지른들 상관없겠구나.

하인3   저런 여자가 오래 살아 천수를 누린다면

　여자들은 모두 괴물로 변할 거야.

하인2   우리도 늙은 백작을 따라가세.

　그 미친 거지에게 백작께서 가고자 하시는 데까지

　모셔다 드리게 부탁하자고.

　그는 미치광이니 무슨 짓을 한들 탓할 사람이 없겠지.

하인3   자네가 가 봐. 나는 아마포와 계란 흰자를 구해

　오겠네.

저분의 피투성이가 된 얼굴에 발라 드려야겠어.

하늘이 저분을 도와주시기를!

(모두 퇴장)

제4막

제1장
황야

(에드거 등장)

에드거 그래도 이렇게 멸시받고 있다는 것을 아는 게
낫지.
멸시받으면서도 아첨받아 모르고 있는 것보다야.
최악의 상황에 가장 비참하게 밑바닥까지 떨어져 있어
도
여전히 희망은 있으니 두려울 것 없다.
최고의 자리에 있는 자는 굴러떨어질 일만 남아 있지
만
밑바닥에 선 자는 웃을 일이 남아 있지. 기꺼이 오라.

실체도 없는 바람이여, 너를 반겨 주마!
너의 강풍으로 밑바닥까지 떨어진 나이니
네가 아무리 불어도 이젠 두려울 게 없다.
(글로스터가 노인의 부축을 받으며 등장)

저기 오는 이가 누구지?
아버님이 아닌가? 부축을 받으며?
세상아, 세상아, 오, 세상아!
이토록 기이한 운명의 격변은 세상 너를 혐오하게 만
드니
삶이 세월에 굴복하게 두지 않을 것을.*

노인   오, 백작님.
소신은 팔십 평생 나리와 나리 아버님의 하인이었습
니다.

글로스터   이제 가게, 가 보라고! 착한 친구여, 그만 가
보게.
자네의 위로는 내게 아무 소용없으니.
그들에 알게 되면 자네마저 다치게 될 걸세.

---

* 원문은 "Life would not yield to age."로 이를 의역하면 (세상이 싫어서)
'사람들은 늙기도 전에 죽으려 할 것이다.' 정도의 의미이다.

노인 하지만 앞을 못 보시지 않습니까?

글로스터 가야 할 길이 없는데 눈이 무슨 소용이 있겠
는가.

눈이 보였을 때도 자주 넘어졌었지. 흔히들 보지 않
는가.

다 가진 인간은 오만해진다면, 다 잃은 인간은 오히려
얻는 법이라네. 오, 사랑하는 에드거.

속아 넘어간 아비의 노여움의 제물이 되었구나!

살아서 너를 이 손으로 만져 볼 수만 있다면

내 다시 눈을 떴다고 말할 것인데.

노인 누구시오? 거기?

에드거 (방백) 오, 신이시여! 누가 '지금이 최악'이라고
감히 말할 수 있겠는가. 나는 지금껏 이토록 비참한 적
이 없었다.

노인 불쌍한 미친 거지 톰이구나.

에드거 (방백) 여기서 더 나빠질 수도 있다. 지금이 최
악이라

말할 수 있는 동안은 아직 진짜 최악은 아니야.

노인 이보게, 어디를 가나?

글로스터 그자는 거지인가?

노인 미치광이에 거지입니다.

글로스터 그자는 조금은 정신이 남아 있는 모양이구나.

그렇지 않다면 구걸도 하지 못할 터이니.

간밤의 폭풍우 속에서 그 비슷한 자를 만났는데

그자는 인간이란 벌레 같다는 생각을 들게 하더군.

아들놈도 떠올랐는데 그때는 그 애를 다정하게 대할

수 없었지.

그 뒤에야 진실을 알게 되었다네.

장난꾸러기 애들이 파리를 다루듯

신들이 인간을 다루고 장난 삼아 죽인다네.

에드거 (방백) 어쩌다 이리 되었단 말이냐?

슬픔에 빠져 있는 분께 광대 노릇을 해 드려야 하다니.

자신이나 남까지 화나게 하면서 말이야.

(큰 소리로) 안녕하세요, 나리!

글로스터 벌거벗은 친구인가?

노인 네, 맞습니다.

글로스터 그렇다면 자네는 이쯤해서 그만 떠나게. 나를 위해

도버로 향하는 길을 몇 마일 더 안내하겠다면

옛정을 생각해 말리진 않겠네. 그리고 이 벌거벗은 친

구에게도 걸칠 것을 좀 가져다주시게.

이자에게 길을 안내해 달라 간청해 볼 테니까.

노인   아이고, 백작님. 이놈은 미친놈입니다.

글로스터   미치광이가 장님을 인도하는 것이

이 시대가 가진 병이 아니겠는가.

내가 하라는 대로 해 주게.

아니면 자네 마음대로 하든가. 아무튼, 이제 어서 가

보게.

노인   제가 가지고 있는 옷 가운데 가장 좋은 옷을

저자에게 가져다주겠습니다.

그 때문에 무슨 일을 당하더라도.

(퇴장)

글로스터   여보게, 벌거벗은 친구!

에드거   불쌍한 톰은 추워요.

(방백) 더 이상은 속일 수가 없구나.

글로스터   이리 오게, 친구.

에드거   그러나 속이지 않을 수 없지.

(큰 소리로) 아니, 눈이 왜 그래요? 눈에서 피가 나요.

글로스터   자네는 도버로 가는 길을 아는가?

에드거   그럼요.

층계나 관문이나 말 타고 다니는 길이나 걸어서 가는

길을 알죠.

불쌍한 톰은 겁에 질려 정신을 잃어버렸지만,

착한 사람의 아들, 당신에게는 축복이 내려 악마에게

서 벗어나기를!

한번은 다섯 놈의 악마가 한꺼번에 톰의 몸 안으로 들

어왔어요.

욕정 어린 오비디컷, 어리석은 호비디던스, 도둑질하

는 마후, 살인하는 모도, 걸레질과 풀을 베다 하녀를

홀리는 플리버디지벳.

신이 축복하시길, 나리!

글로스터   여기 이 돈 주머니를 받아라.

너는 하늘의 재앙을 겸허히 받는구나.

내가 이리 비참한 신세가 되니 네가 더 행복해 보이는

구나.

하늘은 언제나 그리하시지! 가진 것이 많고 욕정을 탐

하는 인간은 하늘의 뜻을 업신여겨 스스로 불행하지

않다고 없는 자들을 보려 하지 않으니. 하늘의 힘이여,

그들이 당장 느끼게 해 주소서!

그리하면 모두가 공평히 나눠 골고루 풍요로워지리라.

자네는 도버를 아는가?

에드거　네, 알지요.

글로스터　거기에는 벼랑이 하나 있는데, 아찔하게 높고 구불거리는 꼭대기는 까마득히 보이는 바다에 둘러싸여 있지. 바로 그 가장자리로 나를 안내해 다오.

그러면 자네가 처한 비참한 처지에서 벗어날 수 있도록 값진 보상을 해 주겠네. 거기서부터는 더 이상 안내할 필요가 없네.

에드거　팔을 이리 주세요. 불쌍한 톰이 안내해 드릴게요.

(모두 퇴장)

제2장

올버니 공작의 성 앞

(거너릴, 에드먼드 등장)

거너릴 백작님, 어서 들어오세요.
  그런데 어쩐 일이지, 얌전한 남편이 마중도 않고.

(오스왈드 등장)

  그래, 주인어른은 어디 계시냐?
오스왈드 마님, 안에 계십니다. 하지만 사람이 아주 변
  하셨습니다.
  적군이 상륙했다고 말씀드리니 그냥 웃으시고

마님이 오시는 중이라 말씀드리니 "더 나쁜 소식이
군." 하셨습니다.
글로스터의 역모와 그 아들의 충직한 행동을 말씀드
리니
저를 어리석은 놈이라 부르시고는 제가 거꾸로 알고
있다고
하시더군요. 싫어해야 할 일을 좋아하고,
좋아할 일을 싫어하시는 듯 보였습니다.

거너릴 (에드먼드에게) 그렇다면, 경은 그만 가시지요.
그는 비겁하고 소심하여 감히 무슨 일든 하질 못한답
니다.
마땅히 갚아야 할 모욕도 모르는 체하시는 분이에요.
우리가 오는 길에 나눈 계획은 잘될 겁니다.
에드먼드, 제부에게로 돌아가세요.
그리고 병사를 모집해 군대 지휘를 맡으시고요.
나는 남편이 되어 무기를 들고, 남편에게는 집안일을
시켜야겠어요.
그리고 이 충직한 하인이 우리 사이를 오갈 겁니다.
머지않아 당신이 출세를 위해 과감하게 행동하실 용
기가 생기면, 여군주의 명령을 듣게 될 거예요. 이것을

175

받으세요.

(키스한다)

말을 아끼세요. 머리를 낮추세요. 감히 말하건대,

이 키스가 당신의 기운을 하늘 높이 치솟게 해 드릴 거

예요.

잘 생각해 보시고, 조심히 가시길.

에드먼드 죽어서도 나는 당신의 것이오!

거너릴 나의 사랑하는 글로스터!

(에드먼드 퇴장)

오, 같은 사내라도 어쩜 이리 다를까!

당신 같은 남자야말로 여자의 사랑을 받을 만해.

멍청한 남편은 내 몸만 차지하고 있을 뿐이야.

오스왈드 마님, 공작께서 오십니다.

(퇴장)

(올버니 등장)

거너릴 전에는 저를 맞이하며 휘파람을 부시더니.

올버니 오, 거너릴. 당신은 무례한 바람이 당신의 얼굴

을 향해 날리는 티끌만도 못한 사람이오. 난 당신의 기

질이 두렵소.

자신을 낳아 준 부모를 모독하는 그 천성은

제 본분을 지킨다고 할 수 없소.

자신을 길러 준 줄기에서 스스로를 잘라 내어

수액을 제공하는 가지를 끊는 여자는 반드시

시들어 죽어 땔감으로 사용될 것이오.

거너릴   멍청한 설교는 그만두세요!

올버니   악한 자의 눈에는 지혜도 선도 악하게 보이고,

추악한 것은 추악한 것만 탐하는 법. 도대체 왜 그런

거요?

딸들이 아니라 호랑이들이지. 도대체 무슨 짓을 저지

른 거요?

그토록 인자한 노인이자 아버지를, 목줄 매인 곰조차

그 손을 핥을 분을, 가장 잔인하고 비인간적인 처사로

미치게 만들었소. 착한 콘월이 그걸 보고도 가만히 있

었단 말이오?

인간으로서, 군주로서, 그리 은혜를 입은 자로서?

하늘이 눈에 보이는 정령을 즉시 내려보내

이 사악한 죄인들을 다스리지 않는다면

반드시 무서운 일이 벌어질 게요.

인간들이 깊은 바닷속 괴물처럼 서로를 잡아먹게 될
테니.

거너릴 이 겁 많고 소심한 인간아!

뺨은 맞으려고 달고 있고 머리는 모욕당하라고 달고
다니나?

이마에 눈이 달려도 명예와 치욕도 분간 못 하는 인
간아.

죄를 짓기 전에 미리 벌을 받는 자를 동정하는 것은
바보나 하는 짓인 걸 모르시네. 당신의 북이나 내놔요.
프랑스 왕이 조용한 우리 영토에 깃발을 휘날리며
깃털 달린 투구로 무장을 하고 당신의 나라를 위협하
고 있는데, 당신은 설교나 일삼으며 앉아서
"아, 저 사람이 왜 저러나?" 하고 징징대니.

올버니 당신 꼴을 보시오, 이 악마 같은 여자야!

여자가 악마의 탈을 쓴 것보다 더 무서운 것이 없지.

거너릴 오, 저 든 것 없는 멍청이!

올버니 제 모습을 감추고 있는 악마여, 부끄러운 줄
알라!

스스로를 괴물로 만들지 마라! 내 격정적인 기분에 따
르자면

당신의 몸을 찢어 놓고 뼈를 부러뜨리고 싶지만,

네가 아무리 악마래도,

여자의 모습을 하고 있으니 손대지 않는 것뿐이다.

거너릴 어머나, 남자답기도 하셔라.

고양이 같은 놈 주제에!

(전령 등장)

올버니 무슨 소식이냐?

전령 오, 공작님. 콘월 공작께서 돌아가셨습니다.

글로스터 백작의 남은 눈알을 마저 뽑으려다

하인의 칼에 맞아 돌아가셨습니다.

올버니 글로스터의 눈을?

전령 그분을 모시던 하인 하나가 가책을 느껴

그 행동을 막으려고 칼을 뽑아 주인에게 대들었답니다.

이에 격노하신 공작님이 그놈에게 달려들어 죽였습니다.

하지만 공작께서도 치명상을 입으셔서

뒤따라 사망하셨습니다.

올버니 이야말로 정의의 신이 아직 하늘에 계심을 보여 주는구나.

지상의 죄악이 이렇게 신속히 처벌받으니.

하지만, 오, 불쌍한 글로스터!

그가 남은 한쪽 눈마저 잃었느냐?

전령 양쪽 모두 잃으셨습니다. 공작님.

이 편지는, 마님, 신속히 답장을 주셔야 합니다.

마님의 동생께서 보내신 겁니다.

거너릴 (방백) 한편으론 잘되었다.

하지만 동생이 과부가 된 데다 나의 글로스터와 함께 있으니

어쩌면 내가 상상으로 쌓은 성이 무너져 내리고

내겐 지겨운 나날들만 남을지 몰라.

하지만 다시 보면 그리 나쁜 소식만은 아니야.

(큰 소리로) 읽어 보고 답장하겠네.

(퇴장)

올버니 글로스터가 눈을 잃을 때

그의 아들 에드먼드는 어디에 있었느냐?

전령 마님과 함께 이리로 오셨습니다.

올버니 그는 여기 없다.

전령 네, 공작님. 오는 길에 되돌아가시는 그분을 만났

습니다.

올버니 그는 이 사악한 사건을 알고 있는가?

전령 그렇습니다. 공작님.

애초에 아버지를 고발한 것이 그분입니다.

그리고는 편안히 아버지를 벌할 수 있도록

자리를 비워 준 것도 그분입니다.

올버니 글로스터, 그대가 왕께 보인 충정에 감사하네.

내 살아서 반드시 그대의 두 눈을 위해 복수하겠네.

여보게. 따라오게. 더 아는 것이 있으면 상세히 얘기해

주게.

(모두 퇴장)

제3장

도버 근처의 프랑스군 진영

(켄트와 신사 등장)

켄트 프랑스 왕이 무엇 때문에
그리 갑작스럽게 본국으로 돌아갔는지 그 이유를 아
시오?

신사 본국에 마무리 짓지 못하고 남겨 두신 일 있는데,
이곳에 오셔서 생각나셨다 합니다.
그 일이 왕국에 큰 걱정과 위험을 주는지라
국왕의 직접적인 처리를 요하니 귀국하지 않을 수 없
었다 합니다.

켄트 누구를 지휘관으로 남겨 두셨소?

신사 프랑스의 대장군이신 라 파르 장군이십니다.

켄트 당신이 전한 편지를 보시고 왕비께서 슬퍼하셨소?

신사 네. 받으신 편지를 제 앞에서 읽으셨는데,
하염없이 눈물을 그 고운 뺨 위에 흘리셨습니다.
왕비다운 위엄으로 슬픔을 억누르려 하셨으나
슬픔이 반역자나 왕처럼 그녀 위에 군림하는 듯이 보였습니다.

켄트 오, 그러시다면 편지에 감동하셨군요?

신사 분노는 아니었습니다.
인내와 슬픔이 경쟁하듯 나타나 왕비님의 선함을 드러내 주었습니다.
햇빛과 빗줄기가 동시에 나타나듯이,
그보다 아름답게 웃으면서 눈물을 흘리셨습니다.
그분의 도톰한 입술에 어린 행복한 미소는
그분의 눈에 찾아온 손님이 어떤 이인지 알지 못하는 듯 보였습니다.
눈에서 손님이 떠날 때는 다이아몬드에서 진주가 떨어지는 듯 보였습니다.
간단히 말해, 누구에게나 슬픔이 그토록 어울리는 것이라면, 슬픔은 가장 사랑받는 보석이 될 겁니다.

켄트 왕비께선 질문은 하지 않으셨소?

신사 사실, 두어 번 아버님 하고 숨 가쁘게 부르셨는데,
　　그 단어가 가슴을 짓누르기라도 하는 듯 흐느끼셨습
　　니다.
　　"언니들! 언니들! 여성의 수치예요! 언니들! 켄트! 아
　　버님! 언니들! 뭐라고요? 폭풍우 속으로! 한밤중에?
　　자비가 있다고 누가 믿겠는가!"
　　하시고는 천상의 눈에서 성스러운 눈물을 뚝뚝 흘리
　　시며
　　혼자서 비통함을 견디시려고 자리를 뜨셨습니다.

켄트 별들의 탓이요. 하늘 위의 별들이
　　우리의 본성을 다스리지요. 그러지 않고서야
　　어찌 같은 부부 사이에 이리 다른 자식이 나올 수 있단
　　말이오.
　　그 후로 왕비님과 이야기를 나눠 보셨습니까?

신사 아닙니다.

켄트 그것이 프랑스 왕께서 귀국하시기 전입니까?

신사 아니요, 그 뒤였습니다.

켄트 그런데 그 가엾게도 실성하신 리어 왕께서
　　이 마을에 와 계십니다.

이따금 상태가 좋으실 땐, 우리가 왜 여기에 와 있는지 기억하시고,

한사코 따님을 만나지 않겠다고 우기십니다.

신사　왜 그러시는 거지요?

켄트　견딜 수 없는 부끄러움이 그분을 찌르기 때문입니다.

자신의 매정함이 딸에게 내릴 축복을 박탈하고

이국땅에 살게 한 데다 그 딸이 가질 권리를 들개의 심장을 가진 딸들에게 주어 버렸으니 말입니다.

이런 일들이 맹독처럼

왕의 마음을 찌르고 수치심에 불타게 만드니

코딜리어 공주님을 만나려 하지 않으시는 겁니다.

신사　아, 가여우신 분!

켄트　올버니와 콘월 공작의 군대에 대해서는 들은 바가 없소?

신사　있습니다. 그들도 출정하였다 합니다.

켄트　자, 그러면 당신을 주군이신 리어 왕께로 데려갈 테니

그분을 돌봐 주시오. 나는 중대한 사유가 있어

잠시 신분을 감추고 있어야겠소.

후일에 내가 누군지 밝혀지면,

나와 알게 된 것을 후회하지는 않을 거요.

자, 그럼 나와 함께 갑시다.

(모두 퇴장)

제4장

프랑스군의 진영

(북과 깃발을 앞세우고 코딜리어, 의사, 병사들 등장)

코딜리어　아아, 그분은 아버님이세요!
지금 그분을 뵌 분에 의하면
거친 바다처럼 날뛰시고, 악을 쓰고 노래하며, 머리에
는 왕관 대신
무성한 현호색, 밭이랑의 잡초, 우엉, 독당근, 쐐기풀,
황새냉이, 독보리, 그리고 곡식 사이에 나는 모든 쓸모
없는 잡초를 머리에 이고 계셨다 합니다.
(병사들에게) 백 명을 보내, 잡초가 무성한 들판을 샅샅
이 뒤져 그분을 내 앞에 모셔 오너라.

(병사들 퇴장)

　(의사에게) 인간의 지혜를 다 짜내어

　아버님의 잃어버린 정신을 되찾는 것이 가능할까요?

　그분을 고쳐 주는 분께 제 모든 재산을 드리겠어요.

의사　방법이 있습니다. 왕비님.

　인간을 보살피고 돌보는 것은 휴식인데,

　그분께는 그것이 부족합니다.

　그분을 자극하여 효과를 볼 약초가 많습니다.

　그 약효가 괴로움에 찬 눈을 잠재울 겁니다.

코딜리어　모든 비밀스러운 축복이여,

　아직 알려지지 않은 대지의 미덕들이여,

　나의 눈물을 받아먹고 급히 자라라!

　그리하여 선한 사람의 고통을 덜어 주고 치유해 다오.

　찾아라, 가서 그분을 찾아오너라. 걷잡을 수 없는 격분

　으로

　스스로 목숨을 끊으시는 일이 없도록.

(전령 등장)

전령　소식이 있습니다. 왕비님.

영국 군대가 이곳으로 진격해 오고 있습니다.

코딜리어 이미 알고 있네.

우리의 병사들이 그들을 맞을 준비를 하고 있네.

오, 사랑하는 아버님. 제가 하려는 일은 아버님을 위한 일입니다.

프랑스 왕도 저의 비탄과 간청과 눈물을 가엾게 여기셨지요.

부풀어 오른 야심으로 군대를 일으킨 것이 아닙니다.

사랑, 소중한 사랑과 연로하신 아버님의 권리 때문입니다.

어서 빨리 아버님을 만나 뵈었으면!

(모두 퇴장)

제5장
글로스터의 성

(리건과 오스왈드 등장)

리건 형부인 올버니 공작의 군대는 출정했는가?

오스왈드 예, 마님.

리건 본인이 직접 출전하셨느냐?

오스왈드 예, 그러나 소동이 있었습니다.
언니분이 공작보다 더 훌륭한 군인이십니다.

리건 에드먼드 경이 그 집에서 올버니 공작과 이야기를
나누지는 않았느냐?

오스왈드 아닙니다, 마님.

리건 언니가 그에게 보내는 편지에는 무슨 용건이 들

어 있는가?

오스왈드 저는 잘 모릅니다, 마님.

리건 실은, 그분은 중요한 일로 급히 떠나셨네.

글로스터의 눈을 뽑아 놓고 살려 둔 것은 큰 실수였어.

그는 가는 곳마다 사람의 마음을 움직여 우리의 적을
만들어

내고 있다네. 내 생각엔, 에드먼드 경이 간 것은 제 아

비의 비참함을 동정해 그의 캄캄한 인생을 끝내 주기

위해서야.

더불어 적의 병력도 파악할 겸.

오스왈드 그렇다면 이 편지를 들고

그분의 뒤를 쫓아가야겠습니다. 마님.

리건 우리의 군대가 내일 출발하니 우리와 함께 가게.

가는 길은 위험하다네.

오스왈드 그럴 수 없습니다, 마님.

저의 주인마님께서 엄명을 내리셔서요.

리건 언니가 왜 에드먼드 경에게 편지를 보내는 거지?

자네가 언니의 뜻을 말로 전할 수 있지 않은가.

뭔지는 몰라도, 무언가가 있구나.

내 너를 총애하겠으니, 어디 그 편지 좀 뜯어보자꾸나.

오스왈드   마님, 그것은 좀—

리건   내 자네 마님이 남편을 사랑하지 않는다는 것쯤
은 다 아네.

그건 확실해. 그리고 일전에 이곳에 왔을 때도 언니는
에드먼드에게 수상한 눈길을 보내고 노골적인 표정을
지었지.

자네가 언니의 신임을 받는다는 것을 아네.

오스왈드   제가요, 마님?

리건   알고서 하는 말이야. 자네가 그렇다는 걸 말이야.

그러니 내가 내가 충고로 말해 주니, 명심하게.

내 남편은 죽었어. 에드먼드는 나와 이야기가 다 되어
있고.

그러니 그분의 손을 잡는 것은 네 주인마님이 아니라
내가 될 게다.

나머지는 짐작이 가겠지. 네 주인마님이 이 얘길 듣게
되면

정신을 차리라 일러 주게. 그럼 잘 가게.

어쩌다 그 눈 먼 반역자를 만나게 되면

그놈의 목을 베어 출세할 생각을 하라고.

오스왈드   제가 그놈을 만나기만 하면요, 마님!

192

제가 어느 분을 따르고 있는지 확실히 보여 줄 겁니다요.

리건　잘 가게.

(모두 퇴장)

제6장

도버 근처의 시골

(글로스터와 농부 차림을 한 에드거 등장)

글로스터 언제쯤 그 언덕의 꼭대기에 이를 수 있겠나?

에드거 지금 올라가고 있습니다.

　보세요, 우리가 얼마나 힘들게 가는지.

글로스터 내가 생각하기엔 평지인 것 같은데.

에드거 엄청 가파른 길입니다.

　쉿, 저 바다 소리가 들리세요?

글로스터 아니, 전혀 안 들리네.

에드거 아니, 그렇다면 눈에 통증이 심하셔서

　다른 감각까지 둔해지셨는가 봅니다.

글로스터   정말 그런지도 모르지.

내 생각엔 어쩐지 자네 목소리도 달라진 것 같네.

예전보다 조리 있고 내용도 그럴듯하게 말하는 듯하니.

에드거   잘못 아셨습니다.

제가 변한 것이라곤 입은 옷밖에 없는걸요.

글로스터   틀림없이 말하는 게 더 나아졌는데.

에드거   자, 영감님. 여깁니다. 가만히 서 계세요.

이렇게 내려다보니 어찌나 무섭고 아찔한지!

중간쯤 되는 공중을 나는 까마귀와 갈까마귀도

딱정벌레만 해 보이는 군요. 벼랑 절반쯤 아래로는

미나리를 따는 사람이 매달려 있는데, 참 위험한 직업

도 다 있네요. 그 사람 몸집이 머리만큼도 안 되어 보

이는걸요.

해변을 걷는 어부는 생쥐만 해 보이고,

저 멀리 정박해 있는 큰 배는

조각배만 해 보이는군요. 조각배는 부표처럼 작아 보

이지도 않네요.

무수한 조약돌이 부딪혀 중얼대는 파도 소리도 이렇게

높은 곳까진 들리지 않네요. 아니, 더 이상은 보지 않

겠어요.

머리가 빙빙 돌고 눈앞이 아찔하니 거꾸로 곤두박질칠
까 무서워요.

글로스터　네가 선 곳에 날 세워 다오.

에드거　손을 잡아 드리지요. 자, 이제 한 발짝만 옮기
시면
벼랑 끝입니다. 달 아래 있는 온 세상을 다 준대도
저는 여기서 뛰어내리지 않을 겁니다.

글로스터　내 손을 놓게. 친구.
여기 돈 주머니가 하나 더 있다네. 그 안에 든 보석이면
가난한 이들에겐 큰 몫이 될 거네.
요정들과 신들이 자네가 번창하도록 도울 것이니!
저쪽으로 가게. 작별 인사를 하고,
떠나는 자네의 발걸음을 듣게 해 다오.

에드거　그럼 안녕히 계세요. 영감님.

글로스터　진심으로 고맙네.

에드거　(방백) 아버님의 절망을 이렇게 우롱하는 것도
다 그것을 고쳐 드리고 싶어서야.

글로스터　(무릎을 꿇고) 오, 전능하신 신들이여!
저는 이제 이 세상을 등집니다. 그리고 당신들이 보시
는 앞에서 커다란 제 고통을 조용히 털어 버리려 합

니다.

제가 이 고통을 오래 참아 견디고, 거역할 수 없는 당신들의

큰 뜻에 순응한다 하더라도, 내 무가치하고 혐오스러운 삶을

스스로 태워 버릴 겁니다. 에드거가 살아 있다면,

오, 그 애를 축복하소서! 자, 그럼 잘 가게. 친구.

(그가 앞으로 몸을 내던진다)

에드거 갑니다. 영감님. 안녕히—

그러나 삶을 끊길 원하셨으니 공상만으로도

소중한 목숨을 잃는 것이 가능하다면 어쩌나.

아버님이 계실 것이라 여겼던 곳에 계셨으니.

지금쯤 돌아가시어 생각할 힘조차 없으시다면—

살았소? 죽었소?

어이, 여보쇼, 영감님! 여기요! 들리시오, 영감님? 말해 보시오!

정말로 돌아가신 건가. 아냐, 아직 살아 계신다.

당신은 누구요, 영감님?

글로스터 꺼져라. 날 죽게 내버려 둬.

에드거 당신이 거미줄, 깃털, 공기가 아닌 바에야

197

천 길 낭떠러지에서 거꾸로 떨어져 내려왔으니
계란처럼 으깨져야 마땅한데, 당신은 숨도 쉬고, 몸도
그대로고, 피도 안 나고, 말도 하고, 멀쩡하시구려.

돛대 열 개를 이어 붙여도 당신이 수직으로 떨어진 높
이보다

못할 게요. 당신이 산 게 기적이구려. 다시 말해 봐요.

글로스터   내가 떨어진 건가, 아닌 건가?

에드거   저 무시무시한 흰 절벽 꼭대기에서 떨어지셨죠.
저 높이를 한번 봐요. 날카로운 목소리의 종달새가 저
멀리 울어도 들리지 않고 보이지도 않으니. 올려다봐요.

글로스터   아아, 내겐 눈이 없어!

이 비참한 인간은 죽음으로 이 삶을 끊을 권리도 없다
는 것인가?

비참한 처지에 있었어도 자살로 폭군의 분노를 꺾고
그 오만한 뜻을 꺾겠다 생각하던 전에는 그래도 위안
이 있었건만!

에드거   팔을 주세요. 일어나세요. 그래, 다리는 좀 어떠
세요?

일어서시는군요.

글로스터   거뜬하네. 거뜬해.

에드거 정말 이상한 일이네요.

절벽 꼭대기에서 당신하고 헤어진 자는 도대체 누굽니까?

글로스터 불쌍한 거지였네.

에드거 여기 아래에 서서 보니, 제 생각엔 그놈의 눈은 두 개의 보름달 같고, 코는 천개나 되고, 뿔은 바다처럼 일렁이며 비틀거리고 꼬여 있습디다. 분명히 악마였어요.

그러니 운이 좋으신 어르신, 인간이 불가능한 일들을 하시고

공경받는 결점 없는 신들께서 당신을 구했다고 생각하세요.

글로스터 이제 기억이 나네. 이제부터 고통을 좀 참아보겠네.

고통이 "이제 그만, 그만"이라고 외치고 사라질 때까지.

당신이 이야기한 그 녀석을 나는 사람으로 알았구려.

그자가 가끔 "악마, 악마"라 말하곤 했지.

그자가 나를 그곳으로 데려다 주었다네.

에드거 이제 자유롭고 편안히 생각하세요.

(야생초로 장식한 미친 리어 왕 등장)

에드거　한데 누가 오는군요?

제정신이라면 저렇게 옷을 입을 리 없는데.

리어　아니야. 내가 화폐를 만들어 내도

내게 손끝하나 댈 수 없다. 나는 왕이니까.

에드거　오, 가슴이 터질 것 같은 광경이다!

리어　그 점에서 자연이 기술보단 낫지.

자, 여기 네 선불금*이다.

저놈은 활 다루는 게 꼭 허수아비 같구나. 활을 끝까지

당겨라.

봐라, 봐라, 저 쥐새끼! 쉿, 쉿, 구운 치즈 한 조각이면

충분할 거야.

---

* 여기서 리어의 말은 이 주제에서 저 주제로 종잡을 수 없이 건너뛰고 있
어 착란 상태에 빠진 리어의 모습을 잘 드러내고 있다. 그러나 여기에도
무의식적인 연결점들이 눈에 띄는데, 그는 왕으로서 화폐주조권을 가지
고 있으면서도 자신이 화폐위조범으로 몰리고 있다고 착각 중이다(원문은
"coming"이나 다른 판본(Q)에선 "coining"으로 나오며, 번역은 이를 따랐
다). 이때 화폐라는 단어는 "입대 선금(press money)"을 연상시키고, 리어
로 하여금 신병을 모집하는 대장의 역할을 하게 한다. 이러한 환상은 쥐의
등장으로 잠시 방해받다가 다시 원수와 싸워 이기고자 하는 리어의 소망을
보여 주는 환상으로 넘어가고 있다.

자 여기 내 장갑이 있다. 나는 거인과 결투할 거야.

갈색의 긴 창을 가져와. 오, 잘 나는구나. 새야!

명중이다! 명중이야! 휘유! 암호를 대라.

에드거 향기로운 마요람.

리어 통과.

글로스터 저 목소리를 아는데.

리어 하! 거너릴이 흰 수염을 달았네?

그들이 내게 개처럼 아양을 떨고 나서

내 턱에 검은 수염이 나기도 전에 흰 수염이 났다고 말
했지.

내가 무슨 말을 해도 "예" 하고 "아니요" 하고 맞장구
치더니!

"예" 하고 "아니요"는 좋은 하늘의 가르침이 아니었어.

비가 와 나를 적시고, 바람이 불어 이가 덜덜 떨리고,

천둥이 내 명령에도 그치지 않을 때, 그때 나는 알았지.

그놈들 냄새를 맡은 거야.

가 버려, 그들은 말은 다 거짓이었어.

그들은 내가 모든 것이라 말했지만, 그건 거짓말이야.

나는 오한도 못 견디는걸.

글로스터 저 목소리의 특징을 너무나 생생히 기억해.

폐하가 아니신가요?

리어 그렇다. 어딜 봐도 왕이지!

내가 이렇게 노려보면 신하들이 얼마나 벌벌 떠는지
봐라.

저자의 목숨은 살려 주지. 저자의 죄목이 뭐냐?

간통이라고?

저자는 죽이지 않겠다. 간통 때문에 죽다니? 안 되지.

굴뚝새도 하고, 작은 금파리도 내가 보는 앞에서 하
는데.

맘껏 하게 하라.

간통으로 낳은 글로스터의 서자가

합법적인 부부관계에서 나온 내 딸년들보다

제 아비에게 더 다정하더라.

계속하라. 음탕하고 난잡하게! 군인이 부족하니.

저 바보처럼 웃는 여자를 보게.

얼굴로 봐선 다리 사이도 눈처럼 휠 것 같고,

정숙하게 시미치 떼고 음탕이란 말만 들어도 고개를
내젓지만

음란한 짓을 할 때에는 족제비보다 발정 난 말보다 더
열정적이거든.

그것들은 허리 아래로는 말이고, 그 위로만 여자지.

다만 허리까지는 신들이 다스리고

그 아래부터는 악마가 다스린다네.

거기가 지옥이고, 암흑이고, 유황 구덩이라네.

불타고, 데이고, 악취에, 썩어 문드러진!

퉤, 퉤, 퉤! 나에게 사향을 조금 주게.

착한 약사여, 내 상상을 향기롭게 바꿔 다오.

여기 네게 돈을 주마.

글로스터 오, 그 손에 입맞춤을 하게 해 주소서!

리어 먼저 손을 닦아야 하오. 죽음의 냄새가 나니.

글로스터 오, 파괴된 자연의 걸작이여! 이 거대한 세

계도

닳고 닳아 소멸되고 말리라! 저를 알아보시겠습니까?

리어 네 눈은 잘 기억하고 있지. 나를 흘겨보는 게냐?

아니, 아무리 그래도, 이 눈 먼 큐피드야!

나는 널 사랑하지 않을 것이다. 이 결투장을 읽어 봐라.

그 글씨를 잘 보라고.

글로스터 그 글자들이 태양처럼 빛나더라도, 저는 볼

수가 없습니다.

에드거 (방백) 이것을 전해 들었더라면 믿지 못했을 것

이다.

이것은, 정말 나의 심장을 찢어 놓는구나.

리어   읽어라.

글로스터   눈알이 없는 빈 껍데기로요?

리어   허어, 그렇다면 너도 나와 같구나?

네 머리에는 눈이 없고, 네 지갑에는 돈이 없구나.

네 눈은 구멍이 나 있고, 주머니는 비어 있다 이거냐?

그래도 너는 이 세상이 어찌 돌아가는지는 잘 알겠지.

글로스터   느낌으로 압니다.

리어   아니, 미쳤구나? 세상이 어찌 돌아가는지는 눈이

없어도 보이는 것. 귀로 보는 거다.

저기 있는 재판관이 저 좀도둑에게

호통 치는 것을 보아라. 네 귀로 잘 들으라고. 자리를

바꾸면, 어느 쪽이 재판관이고 어느 쪽이 도둑인지 알

겠느냐.

농부의 개가 거지를 보고 짖는 것을 본 적이 있느냐.

글로스터   네, 폐하.

리어   그렇다면 그 거지가 개를 피해 달아나는 것도?

거기에서 권위의 위대한 모습을 볼 수 있을 것이다.

개라도 감투를 쓰면 사람이 복종하니까.

이 악독한 순경아. 그 포악한 손을 치워라!

왜 그 창녀를 매질하느냐, 네놈의 등을 쳐야지.

그녀를 매질을 하면서도 네놈이야 말로 그녀를 두고

욕정을 불태우지 않았느냐.

고리대금업자가 재판관이 되어 사기꾼을 목매다네.

누더기를 걸치면 작은 죄도 커다랗게 보이지만,

법복과 모피 옷은 모든 것을 감춰 주지.

죄악에 금칠한 갑옷을 걸치면 아무리 강력한 정의의
창도

상처 하나 못 내지만, 죄악에 넝마를 두르면 난쟁이의
지푸라기로도 꿰뚫는 법. 아무도 죄를 짓지 않아, 아무
도, 아무도, 내가 보장하지.

이것을 받게나. 친구여. 이것은 고발자의 입술을 봉하는
힘을 가졌다네. 자네도 안경을 구해 보게. 그리고 야비
한 정치인처럼

보지도 못하면서 보는 척 행동하라고. 자, 자, 자, 자!

내 장화를 벗겨 주게. 더 세게, 세게! 그래.

에드거 (방백) 오, 이치에 맞는 말과 그렇지 않은 말이

섞여 있구나.

광기 속에 이성이 있어!

리어　내 불행을 위해 울어 준다면, 내 눈을 가지게.

나는 자네를 잘 아네. 자네의 이름은 글로스터야.

자네는 참아야만 하네.

우리 모두 울면서 여기까지 오지 않았나.

우리가 태어나 처음으로 공기를 마시면서

앙앙 울어대었던 것을 자네도 잘 알지 않는가.

내 자네에게 설교를 하나 할 테니, 들어 보게.

글로스터　슬프도다. 슬픈 날이다!

리어　우리가 태어날 때 우는 것은 이 거대한 바보들의 무대에

나왔기 때문이다. 이건 좋은 모자야. 이걸로 기병의 군
마의 신발을 만들어 주면, 좋은 계략이 될 텐데. 그래
서 내 사위 놈들을 몰래

습격하고, 그리고 나선, 죽이는 거다.

죽여라, 죽여라, 죽여라, 죽여라, 죽여라, 죽여라!

(신사가 시종과 함께 등장)

신사　아, 여기 계시는군요. 꼭 붙잡아라.

폐하, 폐하의 귀한 따님께서―

리어 구조가 아니라, 뭐, 포로라고?

나는 운명의 장난감이 되었구나. 나를 잘 모시라고.

몸값을 받을 테니까. 의사를 불러 다오.

내 뇌가 쪼개진 것 같다.

신사 뭐든 분부대로 하겠습니다.

리어 도와줄 사람은 없느냐? 나 혼자 뿐인가?

이거야, 사람을 소금 인간으로 만드는구먼.

내 눈을 정원의 물뿌리개로 써 가을 먼지를 잠재우려

는 거야.

신사 폐하.

리어 내 용감하게 죽어 주마, 말쑥한 새신랑처럼. 뭣이!

나는 쾌활하게 굴겠다. 자, 자, 나는 왕이다.

제군들, 그걸 아는가?

신사 폐하께서는 국왕이십니다.

저희는 당신의 말에 복종할 것이고요.

리어 그렇다면 아직 사는 거구만. 아니, 날 잡아가려면

달릴 테니 쫓아와서 잡아 봐라. 자, 자, 자, 자!

(리어 뛰어나간다. 시종들이 뒤쫓으며 퇴장)

신사 아무리 천한 자리로 저 지경이 되면 가련해 봐 줄

수 없겠거늘 하물며 왕이 이리되시니!

그래도 딸 한 분이 두 사람이 만들어 낸 저주에서 이분을 구하실 것입니다.

에드거 여보시오, 신사 양반.

신사 안녕하시오, 무슨 일이시오?

에드거 곧 전쟁이 일어난다고 하던데, 혹시 들으셨습니까?

신사 대부분이 듣고 있지요.
소리를 듣는 자면 누구나 다 듣고 있습니다.

에드거 그런데 실례지만,
저편의 군대가 얼마나 가까이 있답니까?

신사 아주 가까이까지 빠른 속도로 오고 있다고 하오.
주력 부대가 여기에 나타나는 것도 시간문제인 것 같습니다.

에드거 고맙습니다. 그거면 됩니다.

신사 특별한 이유가 있어 왕비님께서 이곳에 머물러 계시지만
그녀의 군대는 이미 이동하였소.

에드거 고맙습니다.

(신사 퇴장)

글로스터 언제나 자비로우신 신들이 제 목숨을 거두

시길.

제가 다시 나쁜 생각의 유혹을 받아 허락도 없이

스스로 목숨을 끊으려는 일이 없게 하여 주소서!

에드거 좋은 기도입니다. 어르신.

글로스터 여보시오, 당신은 누구요?

에드거 운명의 매질에 길들여진 불쌍한 자요,

슬픔을 속속들이 맛보고 느껴 온 자입니다.

그래서 남을 동정하길 잘하는 자이지요. 손을 이리 주

십시오.

쉬실 수 있는 곳으로 안내해 드리겠습니다.

글로스터 진심으로 고맙네.

하늘의 풍족한 축복이 자네에게 내리시길.

(오스왈드 등장)

오스왈드 현상금이 붙은 수배자구나! 이거 정말 운수가

좋은걸!

저놈의 눈 없는 대가리는 나의 출세를 위해 예정된 것

이었어.

이 늙어 빠지고 불행한 반역자야, 마지막 기도나 짧게

해라.

이 검이 네놈을 베기 위해 대기 중이시다.

글로스터 자네의 친절한 손에 힘껏 힘을 주어 찌르시오.

(에드거가 끼어든다)

오스왈드 이런 겁 없는 촌놈이, 감히 반역자를 감싸려

드느냐?

썩 꺼져라! 그렇지 않으면 저자의 운명이 네놈에게로

옮겨갈 것이니.

그놈의 팔을 놓아라.

에드거 내는 못 놓겠구먼. 다른 이유가 없이는!

오스왈드 놔라, 이 노예야, 아니면 네놈은 죽어!

에드거 신사 양반, 가시던 길이나 가시고, 이 불쌍한 분

은 보내 주죠.

그런 위협으로 뒈질 거면 내 이 주 전에 뒈졌을 거니.

안 되지. 이 노인네 옆에는 얼씬도 말랑께. 비키라니께.

알아듣겠감. 당신 골통하고 이 작대기하고 어느 쪽

이 더 단단한지 시험해 봐야 쓰겠네. 분명히 말했네.

오스왈드 닥쳐라, 이 똥 같은 놈이!

(둘이 싸운다)

에드거 이놈의 이를 왕창 뽑아 버릴 꺼니께.

덤벼 보랑께! 찔러 볼 테면 찔러 봐!

(오스왈드가 쓰러진다)

오스왈드 이 노예 놈이 날 죽이네. 이 악당아. 이게 내 지갑이다.

앞으로 잘 살고 싶으면 날 잘 묻어 다오.

그리고 내 몸에서 발견되는 편지를 글로스터 백작 에드먼드 님에게 전해라. 영국군 진영에 가서 찾으면 알 것이다.

오, 이런 때에 죽다니! 이렇게 죽다니! (죽는다)

에드거 난 네놈을 잘 안다. 시키는 대로 다 하던 악당이었지.

네놈의 안주인이 저지르는 죄악에 순종해 뭐든 하는 놈이었어.

글로스터 아니, 그자가 죽었는가?

에드거 앉으세요. 어르신. 편히 쉬세요.

그의 주머니를 뒤져 보자. 놈이 말한 편지가 내게 도움이

될 수 있으니. 놈은 죽었네. 이놈의 죽음을 지켜볼 이가 나뿐인 것이 아쉽구나. 어디 보자. 미안하지만, 봉인을 뜯지.

예의를 차릴 때가 아니니 탓하진 말게.

적의 마음을 알기 위해 그들은 남의 심장마저 찢지 않
던가.

편지 정도야 합법적이지.

(편지를 읽는다)

"우리가 주고받은 맹세를 잊지 마세요.

당신이 그를 해치울 기회는 얼마든지 있으니.

당신이 의지만 있으시다면,

시간과 장소는 충분히 있을 겁니다.

그가 전쟁에서 승리해 돌아오면 만사는 끝장입니다.

그러면 나는 죄수가 되고,

그와의 잠자리는 내게 감옥이 될 겁니다.

그 역겨운 잠자리에서 저를 구해 주시고,

그 대가로 그의 자리를 차지하세요.

당신의 아내라 말하고 싶은, 사랑하는 종, 거너릴."

오, 여자의 욕심이란 끝이 없구나!

덕망 있는 남편의 목숨을 노리고 내 동생을 바라다니!

여기 이 모래 속에 살인자들의 전령인 네놈을 파묻어
주마.

적당한 때가 오면 이 역겨운 편지를 보여 주고

목숨이 위태로운 공작의 눈을 뜨게 하겠다.

네놈이 죽음과 이 용무를 내가 알릴 수 있게 되어

그에게는 정말 잘된 일이다.

글로스터 왕께서는 미치셨다. 내 천한 감각은 얼마나 무디기에

아직도 이렇게 버티고 있으면서 이 거대한 슬픔을

모두 느낀단 말이냐. 차라리 미치는 게 낫겠다.

그러면 내 생각이 슬픔에서 벗어나고 괴로움이

헛된 망상으로 스스로를 알아보지 못할 것이 아닌가.

(멀리서 북소리)

에드거 손을 이리 주십시오. 멀리서 북소리가 들립니다.

이리 오시지요. 어르신. 제 친구에게 묵으실 곳을 청해

보겠습니다.

(모두 퇴장)

제7장
프랑스군의 진영

(코딜리어, 켄트, 의사, 신사 등장)

코딜리어　오, 어지신 켄트 백작님,
그대가 보여 주신 선의에 보답하려면
제가 어떻게 살고 행동해야 할까요? 그러기엔 제 인생은
너무나 짧아 아무리 노력해도 다 갚지 못할 것 같습니다.

켄트　알아주시는 것만으로도, 왕비님, 과분한 보답을
하셨습니다.

코딜리어　좀 더 나은 옷으로 갈아입으세요.
그 넝마 옷은 힘들었던 지난날을 생각나게 할 뿐이니
제발 벗어 버리세요.

켄트　용서하세요, 왕비님.

지금 제 신분이 밝혀지면 저의 계획에 차질이 생기게
됩니다.

간청하건데, 적당한 때가 올 때까지 저를 모르시는 것
으로

해 주십시오.

코딜리어　그렇게 하세요, 백작님.

(의사에게) 아버지는 좀 어떠세요?

의사　아직 주무시고 계십니다.

코딜리어　오, 자비로운 신들이시여!

학대당한 그분의 몸과 마음에 남겨진 큰 상처를 치유
해 주소서!

오, 아이처럼 변한 아버지의 풀어지고 헝클어진 감각
의 줄을

다시 조여 주소서!

의사　왕비님, 어떠십니까? 원하신다면,

폐하를 깨워 드리겠습니다. 오래 주무셨습니다.

코딜리어　그대의 의술에 맡기겠으니 뜻대로 하세요.

옷은 갈아입히셨나요?

(시종이 운반하는 의자에 앉은 리어 등장)

신사 예, 왕비님. 깊이 잠드신 동안
　새 옷으로 갈아입혀 드렸습니다.

의사 곁에 계십시오, 왕비님. 지금 폐하를 깨울 것이니.
　틀림없이 맑은 정신을 되찾으셨을 겁니다.

코딜리어 좋습니다.

(음악 소리)

의사 좀 더 가까이 오시지요. 밖에 음악 소리를 키워라.

코딜리어 오, 사랑하는 아버님. 회복의 묘약이
　제 입술에 매달려 있어, 이 키스로 두 언니가 지업하신
　아버님께 입혀 드린 무참한 상처를 치유하게 해 주
　소서!

켄트 다정하고 어지신 공주님!

코딜리어 비록 언니들의 아버지가 아니었다 하더라도,
　이 성성한 백발만 봐도 동정심이 절로 솟아났을 텐데.
　이 얼굴로 사나운 비바람을 모두 맞으셨단 말인가?
　두려운 천둥이 소리 내고 무시무시하게 하늘을 가르는
　번개가 내리치는 가운데 서 계시고?
　이렇게 몇 안 남은 머리카락을

드러내고 가엾은 보초병처럼 서 계셨단 말인가?

그런 험한 밤에는 나를 문 원수의 개라도

따뜻한 난롯가에 두어야 하는 법이거늘.

가여운 아버님을, 돼지나 비렁뱅이들과 일행이 되어

곰팡내 나는 짧은 지푸라기를 덮고 계시게 했단 말이냐?

아, 슬프다, 슬프다! 아버님이 정신이 아니라 목숨마저

끝장내시지 않은 것이 놀라울 정도구나.

아, 깨어나셨다. 아버님께 말을 걸어 보세요.

의사 왕비님이 직접 하시지요. 그게 더 좋겠습니다.

코딜리어 아버님, 좀 어떠신지요? 괜찮으십니까, 폐하?

리어 나를 무덤에서 꺼내다니 잘못된 일이다.

너는 축복받은 영혼이지만, 나는 불타는 수레에 묶인 몸이니

내 눈물은 녹아내리는 납처럼 내 몸을 태운다.

코딜리어 아버님, 저를 알아보시겠습니까?

리어 너는 유령이구나. 내가 알지. 언제 죽은 게냐?

코딜리어 아직도, 아직도, 한참 멀었구나!

의사 아직 잠이 덜 깨셨습니다. 잠시 이분을 혼자 놔두십시오.

리어 내가 그동안 어디에 있었지? 지금 내가 어디 있는

게냐?

화사한 햇살 아래? 나는 몹쓸 짓을 당했었어. 또 그런

일을 당하다간 불쌍하게 죽어 갈 테지.

뭐라고 말해야 좋을지 모르겠구나.

이것이 내 손이라 확신할 수 없구나. 어디 보자.

이 핀으로 찌르는 것은 느끼겠구나.

내 상태가 어떤 지 확실하게 알고 싶다!

코딜리어   오, 저를 봐 주세요. 폐하.

손을 들어 제게 얹으시고 저를 축복해 주세요.

아니요, 폐하가 무릎을 꿇으시면 안 됩니다.

리어   제발, 날 놀리지 마시오.

난 아주 어리석고 못난 늙은이일세.

더도 말도 덜도 말고 여든인데, 솔직히 말해,

내 정신이 온전치 않은 것 같아 두렵다네.

생각하니, 내 당신을 알 것 같고, 이 사람도 알 것 같은데

확실치가 않아. 그리고 도무지 여기가 어딘지 모르겠네.

이 옷들도 전혀 기억이 안 나고,

내가 어젯밤 어디에 묵었는지도 모르겠네.

제발 날 비웃지 말게. 내가 사람이라면, 내 생각엔

이 숙녀분은 나의 딸 코딜리어 같은데.

코딜리어　네! 저예요, 저예요!

리어　눈물이 나는 거냐? 그래, 맞구나.

내 울지 않으마. 네가 나에게 독약을 준다면, 내 기꺼
이 마시마.

네가 날 사랑하지 않을 것을 안다. 너의 언니들이,
내 똑똑히 기억하는데, 참으로 못되게 굴었단다.

너는 날 미워할 이유가 있지만, 그들은 그럴 이유도 없
었는데 말이다.

코딜리어　없지요, 없지요.

리어　내가 지금 프랑스에 있는 거냐?

코딜리어　아버님의 왕국에 계십니다. 폐하.

리어　날 놀리지 말게.

의사　이제 안정을 취하십시오. 왕비 마마.

폐하가 가지고 계신 엄청난 분노는 보시다시피 사라졌
습니다만,

아직은 잃어버린 시간을 돌이켜 보도록 해 드리는 것
은 위험합니다.

부디 안으로 드시도록 청하시지요.

좀 더 안정을 취하시기 전까지는 성가시게 해 드려서
는 안 됩니다.

코딜리어 폐하 조금 걸어 보시겠습니까?

리어 나를 참아 주어야 한다.

제발, 모든 것을 잊고 나를 용서해 다오.

나는 늙었고 어리석다.

(켄트와 신사를 제외하고 모두 퇴장)

신사 콘웰 공작이 살해되었다는 것이 사실입니까?

켄트 사실입니다.

신사 누가 그의 병사들을 지휘하고 있답니까?

켄트 사람들이 말하길, 글로스터의 서자라 하더군요.

신사 들리는 말로는, 그분의 추방된 아들 에드거가 켄트 백작과 함께 독일에 머물고 있다 합니다.

켄트 소문은 믿을 수가 없지요. 지금은 조심해야 할 때입니다.

왕국의 군대가 바짝 다가오고 있소.

신사 이 분쟁은 피투성이 싸움일 것 같군요. 안녕히 계십시오.

(퇴장)

켄트 오늘의 전투로 판가름이 나겠구나.

좋건 나쁘건 내 목적과 삶이 결판이 나겠지.

(퇴장)

제5막

제1장
도버 근처의 영국군 진영

(북과 깃발을 앞세우고 에드먼드, 리건, 신사들, 병사들 등장)

에드먼드 공작께 가서 지난번 계획을 유지하실 것인지
  아니면 조언에 따라 마음을 바꾸셨는지 여쭤 보아라.
  그분은 변덕이 심하고 자책하시기 일쑤이니,
  확실한 뜻을 알아 오너라.

(신사 퇴장)

리건 언니의 하인에게 무슨 일이 생긴 것 같습니다.

에드먼드 그런 것 같습니다, 부인.

리건 그런데 백작님.
  제가 당신에게 품은 마음은 잘 알고 계시지요.

그러니 진실만을 말해 주세요. 솔직히요.

제 언니를 사랑하지 않으시지요?

에드먼드   명예로운 방식의 사랑입니다.

리건   그러면 형부에게만 허락된

금단의 장소에 발을 들여놓으신 적이 없으세요?

에드먼드   그런 생각으로 스스로를 괴롭히시다니.

리건   걱정이 되어 그래요. 당신이 언니와 가슴을 맞대고

스스로를 그녀의 것이라 부르신 것은 아닌지.

에드먼드   아닙니다, 부인. 제 명예를 걸고 맹세하지요.

리건   전 결코 언니를 가만두지 않을 거예요.

사랑하는 백작님, 그녀와 가까이하지 마세요.

에드먼드   걱정 마십시오.

그녀와 남편인 공작이 오시는군요!

(북과 깃발을 앞세우고 올버니, 거너릴, 병사들 등장)

거너릴   (방백) 동생이 그와 나 사이를 갈라놓으니

차라리 이 전쟁에서 지는 게 낫겠다.

올버니   사랑하는 처제. 만나서 반갑소, 백작.

내가 들으니 여기에 폐하와 막내 따님이

우리의 폭정을 원망하는 자들과 함께 계시다고 하오.
나는 내가 떳떳할 수 없는 곳에선 결코 용감했던 적이
없소.

그러나 이번 일은 프랑스가 우리의 영토를 침범하는
일이기에 국왕 폐하와 그 일행의 일과는 별개요. 물론
그들에게는 정당하고 중대한 이유가 있어 우리에게 대
항하는 것이지만은.

에드먼드   지당하신 말씀입니다, 공작님.

리건   그런 걸 따져서 뭘 해요?

거너릴   적에 맞서 우리도 힘을 합쳐야 해.

이런 사소한 집안싸움은 지금 여기서 물을 때가 아니다.

올버니   그렇다면 노련한 참모들과 함께
우리의 진격에 대해 결정합시다.

에드먼드   곧 공작님의 막사로 가겠습니다.

리건   언니도 우리와 함께 가실 거죠?

거너릴   아니.

리건   그게 편할 거예요. 같이 가세요.

거너릴   (방백) 아하, 네 속셈을 알겠다.

그래, 나도 가지.

(이들이 나가려는데, 농부로 변장한 에드거 등장)

에드거　이처럼 천한 사람과 말씀을 나누실 마음이 있으
　　　시다면
　　　한마디 드릴 말씀이 있습니다.

올버니　내 곧 뒤따라가리다. 말하게.

(에드거와 올버니만을 남기고 모두 퇴장)

에드거　전투를 시작하기 전에 이 편지를 읽어 봐 주십
　　　시오.
　　　만약 승리를 하시거든 나팔을 부시어 편지를 가져온
　　　자를
　　　찾아 주십시오. 비천한 몰골을 한 저지만 이 내용을 증
　　　명할
　　　용사가 되어 보이겠습니다. 만약 패하신다면, 공작님
　　　의 세상사도 음모도 함께 끝날 것입니다.
　　　행운을 빕니다!

올버니　내가 편지를 다 읽을 때까지 기다려라.

에드거　그렇게는 안 됩니다.
　　　때가 되거든, 전령을 시켜 부르십시오.
　　　그럼 다시 나타나겠습니다.

올버니 그렇다면, 잘 가게. 네 편지는 읽어 보겠네.

(에드거 퇴장)

(에드먼드 등장)

에드먼드 적군이 보입니다. 전투태세를 갖추세요.
여기 적군의 전력과 병력을 정찰한 내용이 있습니다.
그러나 지금은 공작께서 서둘러 주셔야 합니다.

올버니 내 얼른 준비토록 하지.

(퇴장)

에드먼드 나는 두 자매 모두에게 사랑을 맹세해 두었다.
이 둘은 마치 독사에 물린 자가 독사를 보듯 서로를 질
투하고 있어.
누구를 택해야 하지? 둘 다? 한 명만? 둘 다 버릴까?
두 명이 모두 살아 있는 한, 두 명 다와 함께 즐길 수는
없어.
과부를 택하면 언니인 거너릴이 격분하여 미쳐 버릴
텐데.
그렇다고 남편이 살아 있으니 그쪽에선 내 목표를 이
룰 수 없고.

상황이 이러니, 전쟁에서 그의 권위를 이용하되, 전쟁이 끝나면 신속하게 그를 처치할 방법을 강구해 봐야겠다.

그는 리어와 코딜리어에게 자비를 베풀려 하는 모양인데

전쟁이 끝나, 그 부녀가 우리 손에 들어오면 사면이란 없을 거다.

내 지위는 오로지 내 행동으로 지킬 뿐, 말로 해서 될 일이 아니다.

(퇴장)

제2장

양군 진영 사이의 들판

(안에서 나팔 소리, 북과 깃발을 앞세우고 리어와 그의 팔을
잡은 코딜리어가 무대 한쪽 끝에서 등장한 후 퇴장)

(에드거와 글로스터 등장)

에드거   여깁니다. 어르신. 이 나무 그늘 아래에서 편히
쉬세요.
그리고 정의로운 편이 이길 수 있도록 기도해 주세요.
만약 제가 이곳에 다시 돌아올 수 있다면,
어르신께 좋은 소식을 가져올게요.
글로스터   하느님의 은총이 당신과 함께하시기를!

(에드거 퇴장)

(나팔 소리와 퇴각하는 소리, 에드거 등장)

에드거 어서요, 어르신! 제게 손을 주세요! 갑시다!

리어 왕께서 패하셨어요! 그분과 그분의 따님이 포로

가 되셨고요.

손을 주세요, 어서요!

글로스터 아니, 난 가지 않겠네. 젊은이.

어차피 죽어 썩어질 몸, 여긴들 어떻겠나.

에드거 아니, 또 죽을 생각을 하시는 겁니까?

인간은 모름지기 세상을 뜰 때는 나올 때와 마찬가지로

참고 기다려야 되는 법입니다.

모든 것에는 다 때가 있으니. 어서 가시지요.

글로스터 그 말도 맞구나.

(모두 퇴장)

제3장

도버 근처 영국군의 진영

(승리의 북소리와 깃발을 앞세우고, 에드먼드 등장. 포로가
된 리어와 코딜리어를 데리고 병사와 장교 등장)

에드먼드 장교 몇 사람은 저 포로들을 데려가라.
곧 저들을 어떻게 처리할지 상부의 명령이 떨어질 테니
그때까지 잘 감시하게.

코딜리어 최선의 의도를 가졌으나 최악의 결과를 맞이
한 것이
우리가 처음은 아니지요. 하지만 박대를 받으신 아버
님을 생각하면
마음이 몹시 아픕니다. 제 자신만의 문제라면,

변덕스러운 운명의 찌푸린 얼굴쯤은 넘겨 버릴 수 있으련만. 딸이자 자매인 언니들을 만나 보아야 하지 않겠습니까?

리어   아니, 아니다. 아니야. 아니야! 그냥 감옥으로 가자꾸나.

우리 둘이라면 감옥도 새장 안에서처럼 노래 부를 수 있으니.

내가 나의 축복을 바란다면, 기꺼이 무릎을 꿇고 네게 용서를 비마.

그렇게 우리가 살아서 기도하고 노래하고 옛 노래를 부르며

도금한 나비처럼 차려입은 사람들을 보고 웃고,

가엾은 작자들이 지껄이는 궁정 소식이나 듣자꾸나.

우리는 그들과 얘기 나눌 수 있을게다.

누가 지고 누가 이겼는지. 누가 들어왔고 누가 쫓겨났는지.

마치 우리가 신이 보낸 첩자인 것처럼, 사물의 신비를 알아보자.

감옥의 벽에 둘러싸여 달이 지고 뜨는 것처럼

기울고 흥하는 권력자들을 바라보며 조용히 지내자

꾸나.

에드먼드 저들을 데려가라.

리어 코딜리어야, 신들은 그런 희생에 향을 피워 주실
거다.

내가 너를 잡고 있는 것이 맞느냐? 우리를 갈라놓으
려면

하늘에서 횃불을 가져와 불을 들고 여우를 몰 때처럼

우리를 모는 것밖에는 없을 것이다. 눈물을 닦아라.

앞으로는 그들이 우리를 울게 만들기 전에

그들이 먼저 썩어 없어질 것이다.

우리는 그들이 굶어 죽는 것을 먼저 볼 것이야. 가자.

(리어와 코딜리어가 호송되어 퇴장)

에드먼드 이리 오게, 대장. 내 말을 잘 듣게.

(서류를 준다) 이 서류를 들고 저 포로들의 뒤를 쫓게.

내가 지금 자네를 한 계급 진급시켰으니, 여기 지시된
대로

일을 처리한다면 자네는 곧 출세하게 될 거야. 이걸 알
아 두라고.

사람은 시류를 잘 따라야 하는 법이야.

연약한 마음은 칼을 쓰는 군인에겐 어울리지 않네.

네게 맡긴 이 중요한 임무에 질문을 받지 않겠네.

하겠다고 하든지 아니면, 다른 출세 방도를 찾게나.

대장 하겠습니다, 백작님.

에드먼드 그럼 그리하게나. 일이 끝나면 팔자가 필 걸세.

내가 '즉시'라 한 것을 잊지 말게.

그리고 내가 적은 대로 실행하게.

대장 저는 마차를 끌거나 말린 풀을 먹지는 못하지만,

인간이 할 수 있는 일이라면, 하겠습니다.

(퇴장)

(나팔 소리. 올버니, 거너릴, 리건, 병사들 등장)

올버니 백작, 오늘 그대는 용맹한 가문의 출신임을 보여 주었고,

운명의 여신도 그대에게 미소를 지었소. 오늘의 전투에서

두 명의 중요한 포로를 잡았으니, 그 둘을 내게 넘겨주시오.

그들의 가치와 우리의 안전을 고려해 그들을 활용할 것이오.

에드먼드 공작님. 저 늙고 불쌍한 왕은 어딘가에 유폐시켜

감시인을 붙이는 것이 좋을 것 같습니다.

그분의 연륜은 사람을 끄는 구석이 있고,

왕의 칭호마저 갖고 계시니 민심을 그의 편으로 끌어당겨

우리가 징집한 병사마저 그 창끝을 우리에게 돌리게 할

위험이 있습니다. 왕과 함께 프랑스 여왕도 함께 보냈는데,

그 이유도 위와 같습니다. 그리고 내일이건 후일이건

공작께서 심문하시려는 장소에 그들을 출두시킬 준비를

갖춰 놓았습니다. 이번에 우리는 피와 땀을 흘렸고,

친구는 그의 친구를 잃었습니다. 최선의 전쟁도 그 열기가

자욱할 때는 사람들이 전쟁을 저주하기 마련입니다.

코딜리어와 그의 아비를 심문하기 위해서라면

더 나은 장소가 필요하리라고 판단했습니다.

올버니 백작, 미안하지만,

나는 이번 전쟁에서 자네를 내 부하로 삼은 것이지,

내 형제로 삼은 것이 아니네.

리건 제가 그에게 그런 자격을 드리면 되지요.

제가 생각하기엔 공작께서 그리 말씀하시기 전에

우리의 뜻을 먼저 물었어야 하지 않습니까.

그분은 저의 군대를 지휘하였고,

나의 지위와 신분을 위임받고 있었으니 말이죠.

이렇게 직접적인 대리자로 서 계시니 스스로 형제라

부를 만하지요.

거너릴 그렇게 흥분할 것 없다.

네가 그분께 보태 드리지 않아도 그분은 본인의 장점

으로도

충분히 고귀하시니.

리건 내가 준 권리로 인해 그분은 최고의 자리에 오르

실 거야.

거너릴 그가 너의 남편이었다면 더 좋았겠구나.

리건 농담이 진담이 되기도 하지.

거너릴 저런, 저런!

네게 그리 말해 준 사람은 필시 눈깔이 삔 놈이었을

게다!

리건 언니, 나 몸이 좀 안 좋아. 그렇지만 않았으면

분명 울화를 터뜨려 맞받아쳤을 텐데. 장군,

당신이 제 병사와, 포로들, 그리고 전 재산을 가지세요.

그것들과 저를 마음대로 사용하세요. 이 성벽도 당신

의 소유예요.

이 자리에서 당신을 나의 주인이자 남편이라 공표합

니다.

거너릴   그분을 가지고 놀 생각이냐?

올버니   둘의 사이는 당신의 뜻에 달린 게 아니지.

에드먼드   당신의 뜻에 달린 것도 아니고요, 공작님.

올버니   이 서자 놈아, 그렇게 할 수 있어.

리건   (에드먼드에게) 북을 울려서 나의 지위가

당신 것이 되었음을 알리세요.

올버니   잠깐 멈춰라. 그 이유를 말하마.

에드먼드, 내 자네를 반역죄로 체포하겠네. 그리고 여

기 공범자, (거너릴을 가리키며) 이 금칠한 독사도 함께

말이야.

처제의 요구는, 나의 부인 때문에 반대하오.

여기 이 여자는 벌써 백작과 결혼을 약속했소.

그러니 나, 그녀의 남편이 당신의 결혼을 반대하는 바

이니,

237

정 결혼을 해야겠거든 나와 하시오.

부인이 말해 보시오.

거너릴   이건 말도 안 되는 연극이야!

올버니   네놈은 이미 무장하고 있지, 글로스터.

나팔을 불게 하라.

그 소식을 듣고도 네놈을 저지른 사악하고 명백한

수없이 많은 대죄에 맞서 결투를 신청하는 이가 없다면,

내가 도전하마! (장갑을 던진다) 내가 악당인 네놈의

정체를

네 가슴팍에 새겨 넣기 전까지는 음식을 입에 대지 않

겠다!

리건   아, 어지러워, 아프구나!

거너릴   (방백) 흥, 네가 아프지 않다면,

내 다시는 독약을 믿지 않을 것이야.

에드먼드   정 그렇다면. (장갑을 던진다)

나를 반역자라 부르는 놈이 세상천지에 누구냐?

그 악당 같은 놈이 거짓말을 한 것이다.

나팔을 불어라. 감히 나오는 놈은 그놈이건, 당신이건,

당당히 맞서 내 명예와 진실을 지킬 것이다.

올버니   전령을 불러라.

에드먼드   전령! 전령!

올버니   자네 혼자 힘을 믿게, 자네의 군사들은
 나의 이름으로 모집되었으니 나의 이름으로 해산시켰다.

리건   통증이 점점 더 심해지는구나.

올버니   많이 아픈 모양이군. 그녀를 내 막사로 모셔라.

(부축을 받으며 리건 퇴장)

(전령 등장)

올버니   전령은 이쪽으로 오너라.
 나팔을 불고, 이것을 읽어라.

(나팔 소리)

전령   (읽는다)
 우리 부대에 이름을 올린 자 가운데
 글로스터 백작이라 사칭하는 에드먼드가
 수많은 반역을 저질렀음을 고할 자는
 지위고하를 막론하고
 나팔이 세 번 울리기 전에 앞으로 나오라.
 그는 대담하게 변호할 준비가 되었다.

에드먼드   불어라!

(첫 번째 나팔 소리)

전령   다시!

(두 번째 나팔 소리)

전령 다시!

(세 번째 나팔 소리)

(안에서 응답의 나팔 소리가 들린다. 무장한 에드거가 나팔
　수를 앞세우고 등장)

올버니 그의 목적을 묻게. 왜 이 나팔 소리에 응답했느냐?

전령 너는 누구냐? 이름과 신분을 밝히고,

　이 부름에 왜 응하였는지 밝혀라.

에드거 나의 이름은

　반역자의 이빨에 물어뜯기고 벌레에 파먹혀 잃었소.

　하지만 나는 내가 맞서는 상대만큼 고귀한 태생이요.

올버니 네 상대가 누구냐?

에드거 글로스터 백작이라 사칭하는 자가 누구요?

에드먼드 나다. 무슨 말이 하고 싶은 게냐?

에드거 칼을 뽑아라.

　내 말이 고결한 너의 마음을 화나게 만들었다면,

　칼이 시비를 가려 줄 것이다. 여기 내 칼이 있다.

　봐라. 이것은 나의 명예, 나의 맹세, 나의 소명이자 특
　권이다.

내가 선포하니, 너의 힘과 지위, 젊음, 벼슬에도 불구하고

승리자의 검과 새롭게 얻은 행운과 너의 용감한 심장에도 불구하고 너는 반역자다.

신들을 배반하고 너의 형과 너의 아버지를 배반하고

군주를 배반하는 네놈은 머리끝부터 발에 묻은 먼지까지 속속들이

점박이 두꺼비처럼 흉측한 반역자란 말이다.

'아니'라고 부인해 봐라. 이 검이, 내 팔이, 내 용맹이

너의 가슴팍에 대고 증명할 것이니, 내가 말하노니,

네놈은 거짓말쟁이다.

에드먼드 격식대로 하면 너의 이름을 물어야 할 것이나,

너의 외관이 늠름하니 용감해 보이고 말씨도 배운 티가 나니

기사도의 규칙을 따라 이 결투를 미루는 것이 안전하고 좋을지라도 무시하고 일축하겠네.

내 반역자의 죄목을 네놈의 머리에 고스란히 돌려주고

저 지옥처럼 가증스런 거짓말을 네 가슴팍에

되돌려 주겠다. 하지만 네 거짓말이란 스쳐 지날 뿐

내게 상처를 입히지 못하니 내 검을 들어 즉시 그 거짓

말이

영원토록 네 가슴팍 위에 머물도록 새겨 주마.

나팔을 불어라!

(나팔 소리. 싸운다. 에드먼드가 쓰러진다)

올버니 아직 그놈을 죽이지는 말아라!

거너릴 이건 음모예요, 글로스터!

예법에 따라 정체를 밝히지 않는 상대와는 싸우지 않는 것인데, 당신을 패한 것이 아니라 속아서 당하신 거에요.

올버니 그 입 다무시오. 부인.

그렇지 않으면, 이 편지로 그 입을 막아 놓을 거요.

(그녀의 편지를 에드먼드에게 내보인다. 에드먼드에게)

이 편지를 알아보겠느냐?

(거너릴에게) 어떤 죄목보다 더 추악한 년아,

자신의 죄를 읽어라. 찢지 마라. 확실히 편지를 알아보는군.

거너릴 알아본다면 어쩌실 거예요.

법은 내 편이지, 당신 편이 아니에요.

누가 날 고발하겠어요?

올버니 저 괴물 같은 것!

이 편지를 알고 있지?

거너릴 내가 뭘 아는지 묻지 마세요.

(퇴장)

올버니 저 여자를 쫓아라. 자포자기의 상태니, 가서 감
시하라.

(장교 한 사람 퇴장)

에드먼드 당신이 고발한 그 죄를 내가 지었고,
그보다 더 많은 많은 일들을 저질렀소.
때가 되면 아시게 될 거요. 그러나
그것들은 지나간 일이고, 나 또한 그렇게 되어 버렸소.
그러나 날 이렇게 만든 당신은 누구요?
당신이 고귀한 태생이라면, 내가 용서하겠네.

에드거 그렇다면 자비심을 주고받지.
나의 가문도 너의 것 못지않다. 에드먼드.
만약 더 좋다면, 그만큼 네 죄가 더 무거운 것이다.
내 이름은 에드거, 네 아버지의 아들이다.
신들은 공정하셔서 인간이 악행을 탐닉할 때
그것을 연장 삼아 우리를 벌하신다.
너를 잉태한 어둡고 죄 많은 자리가 아버지의 눈을 앗
아 간 게다.

에드먼드 옳은 말이오. 진실이야.

운명의 수레바퀴가 한 바퀴 돌아, 내가 여기 섰구나.

올버니 자네 거동이 왠지

당당하고 귀족다운 데가 있다 보았지.

자넬 이렇게 포옹해야겠네.

내 자네와 자네 부친을 미워한 일이 있다면,

내 가슴은 슬픔으로 쪼개질 것이네.

에드거 어지신 공작님, 저도 잘 압니다.

올버니 그동안 어디에 있었던가?

자네 부친의 모진 상황은 어찌 알고 있었는가?

에드거 보살펴 드리며 알았지요, 공작님. 간추려 말씀

드리면,

아, 말씀을 다 드리면, 제 가슴이 터져 버릴지도 모릅

니다!

저를 잡으라는 포고령이 제 뒤를 바싹 쫓아왔기에

―오, 목숨이란 달콤하여, 단번에 죽지도 못하고

죽음의 고통을 느끼면서도 그리 살아남으려 하지요.―

미치광이의 넝마로 갈아입고 개조차 업신여기는 몰

골로

다닐 수밖에 없었습니다. 그런 차림으로 아버님을 만

나 뵈었으나

그때는 이미 소중한 두 눈을 잃으시고 피를 흘리고 계
셨습니다.

그때부터 아버님의 길잡이가 되어 길을 안내해 드리고,
간청하며, 절망에서 구해 드렸지요. 약 반시간 전까지
만 해도, 아버님께는 제 정체를 숨겼는데―오, 얼마나
큰 실수였는지!―

무장을 하고 나서 이 일이 성공할지 확신이 없었기에,
아버님의 축복을 받고자, 처음부터 끝까지 고하니
그분의 약한 심장이―슬프다. 충격을 견디기엔 지나치게
약해지셨으니!―감정의 두 극단, 기쁨과 슬픔 사이에서
미소와 함께 터져 그만 돌아가시고 말았습니다.

에드먼드 형님의 말씀이 제게 감동을 주네요.
저에게 좋을 것 같습니다. 좀 더 말해 주세요.
뭔가 더 하실 말씀이 있으신 것 같습니다.

올버니 더 할 말이 있다면, 더 슬픈 일일 테지.
그만두게나. 이 이야기로도 충분하니.
눈물이 흘러 견딜 수가 없네.

에드거 슬픔을 좋아하지 않는 이에게는
이것이 끝이었으면 하겠지만 그러나 아직도

슬픔을 키워 극단까지 몰고 갈 일이 남아 있습니다.

제가 크게 울고 있을 때, 한 분이 찾아오셨습니다.

그분은 제가 비참한 몰골을 하고 있을 때

함께 있는 것을 기피하던 분이셨는데,

제가 누군지 알아보시고는 그 튼튼한 팔로 제 목을 껴안고

하늘이 떠나가라 큰 소리로 울부짖으시더니 아버지께 몸을

던졌습니다. 그리고는 리어 왕과 자신에 대한 가장 슬픈 이야기를 해 주셨습니다.

그것은 여태껏 들어본 중 가장 슬픈 이야기였기에, 말씀을 하시던 중 북받치는 슬픔이 그분의 생명줄을 갈라놓기

시작했습니다. 바로 그때 두 번째 나팔 소리가 울려 기절하신 그분을 두고 이곳으로 온 것입니다.

올버니 그분이 누구시오?

에드거 켄트, 추방당한 켄트 백작이셨습니다.

변장을 하시고 적이 되신 왕에게 충성을 다하며

노예조차 마다할 온갖 시중을 드셨습니다.

(신사가 피 묻은 칼을 들고 등장)

신사 도와주십시오, 오, 제발 도와주세요!

에드거 무슨 일이냐?

올버니 말을 해라, 어서.

에드거 이 피 묻은 칼은 어찌된 거냐?

신사 아직 뜨겁고, 김이 나는 이 칼을
이제 막 가슴에서 뽑아낸 것입니다.
오, 부인은 돌아가셨습니다!

올버니 누가 죽어? 말하라. 어서.

신사 공작님의 부인입니다. 공작님의 부인!
부인께서 동생을 독살하셨습니다. 그분이 자백하셨
어요.

에드먼드 나는 그 둘과 언약을 하였소.
이렇게 우리 셋이 함께 결혼하게 되겠군요.

(켄트 등장)

에드거 여기 켄트 백작님이 오십니다.

올버니 시신을 이리로 옮겨오너라.

살아 있든 죽었든 간에.

(신사 퇴장)

이 하늘의 심판은 우리를 떨게 하지만, 동정심이 들지
는 않는구나.

오, 이분인가?

때가 때이니 만큼, 시간이 격식에 찬 칭찬을 허락지 않
는구려.

켄트　저는 여기에 저의 주군이시자 왕이신 분께

영원한 작별 인사를 드리고자 왔습니다.

여기 그분이 안 계십니까?

올버니　아, 아주 큰일을 잊고 있었구나!

말하라, 에드먼드. 왕은 어디 계시냐? 그리고 코딜리
어는?

(거너릴과 리건의 시체가 들려 나온다)

이 광경이 보이십니까, 켄트 백작?

켄트　이것이 어찌 된 일입니까?

에드먼드　그래도 에드먼드는 사랑을 받았구나.

나를 위해 한쪽이 다른 쪽을 독살하고

그녀 스스로도 목숨을 끊었으니.

올버니　그렇겠지. 저들의 얼굴을 덮어 줘라.

에드먼드 숨이 가빠 온다.

내 나쁜 본성을 거슬러 좋은 일을 하고 싶구나.

빨리 사람을 보내 성으로 가시오.—지체하지 말고—

리어와 코딜리어의 목숨을 앗으라는 명령을 보냈으니.

어서, 늦기 전에 보내시오.

올버니 뛰어라, 뛰어가라, 오, 어서!

에드거 누구에게로요, 공작님? 누가 책임자입니까?

집행을 멈출 증표를 보내야 합니다.

에드먼드 잘 생각하셨습니다.

여기 이 칼을 가져가 대장에게 주세요.

올버니 목숨을 걸고 서두르라.

(에드거 퇴장)

에드먼드 그자는 감옥에 갇힌 코딜리어가

절망에 빠져 스스로 목을 매단 것처럼 꾸미도록

당신의 아내와 나로부터 명령받았소.

올버니 신들께서 그녀를 보호하시길.

이자를 끌어내라.

(에드먼드가 끌려 나간다)

(리어가 팔에 죽은 코딜리어를 안고 등장. 에드거와 장교도

뒤따라 등장)

리어 울어라, 울부짖어라. 울부짖어라!

오, 너희 돌로 만든 인간들이여!

너희의 혀와 눈을 내가 가졌더라면,

하늘의 천장이 무너지도록 울부짖는 데 썼을 것이다.

이 아이가 영영 가 버렸다! 나도 사람이 죽었는지 살았

는지는 안다.

이 아이는 죽었다. 찬 흙덩이처럼. 거울을 다오.

이 아이의 숨으로 거울이 흐려지거나 얼룩진다면,

내 딸은 살아 있는 거다.

켄트 이것이 약속된 세상의 종말인가?

에드거 아니면 그 참상의 환영인가?

올버니 무너지고 끝장나리라!

리어 깃털이 움직인다. 이 애는 살아 있다! 만약 그렇

다면,

내가 평생 겪은 모든 슬픔이 이것으로 전부 보상받을

것이거늘.

켄트 오, 폐하

리어 저리 가라!

에드거 폐하의 벗, 고귀한 켄트 백작이옵니다.

리어 염병이나 걸려라. 너희 살인자들. 반역자들 모두!

이 애를 살릴 수도 있었는데. 이제 영원히 떠났구나.

코딜리어야. 코딜리어야. 잠깐만, 조금만 더 머물러

다오.

하! 뭐라고 말했느냐. 이 애의 목소리는

항상 부드럽고 다정하고 나직해 천생 여자다웠지.

너를 목매단 노예 놈은 내가 죽였다.

장교 사실입니다. 폐하께서 하셨습니다.

리어 내가 했지, 안 그런가?

나도 한때는 멋지게 날선 검으로

놈들을 펄쩍 뛰게 만들던 날들이 있었지.

이제는 늙고 고생해 그 솜씨들이 망가졌구나.

자네는 누구냐?

눈이 나쁘지 않았더라면, 네가 누군지 즉시 말했을 터

인데.

켄트 운명의 여신이 사랑하고 미워한 두 사람이 있다면,

그중의 한사람을 우리가 마주 보고 있습니다.

리어 시야가 흐릿하구나. 자네는 켄트가 아닌가?

켄트 그렇습니다.

폐하의 신, 켄트입니다.

그런데 폐하의 하인인 카이어스는 어디에 있습니까?

리어 그는 좋은 친구였지. 정말이다.

그러면 잘 해치웠을 거다. 그것도 재빨리.

허나 그는 죽어서 썩어 버렸어.

켄트 아닙니다. 폐하, 제가 바로 그자이옵니다—

리어 그것도 곧 알아봐 주겠네.

켄트 폐하의 위치가 바뀌고 쇠락하시던 처음부터 지금껏

폐하의 슬픈 발걸음을 따라왔습니다.

리어 이곳에 온 것을 환영하네.

켄트 다른 이는 없었지요. 모두가 기쁨이 없이 어둡고 죽은 듯합니다.

폐하의 두 큰따님들은 스스로 목숨을 끊고, 절망 속에서 죽었습니다.

리어 그래, 나도 그런 줄 알았다.

올버니 폐하는 지금 자신이 무슨 말씀을 하고 계시는지 모르시는 것 같습니다.

더 이상 우리가 누구인지 밝혀도 소용없을 겁니다.

(전령 등장)

전령 에드먼드 경이 돌아가셨습니다, 공작님.

올버니 그건 여기선 하찮은 문제네.

대신과 귀족 친구들. 나의 뜻은 이것이오.

나는 이 위대하신 노왕께 위로가 되는 일이면

무엇이든 할 작정이오. 노왕께서 살아 계시는 동안은

모든 절대적인 권력을 그분께 양도하겠소.

(에드거와 켄트에게) 두 분께는 두 분의 권리와

두 분이 쌓은 공덕에 합당한 영예를 안겨 드리고

두 분의 권한에 이익을 더해 주겠소. 우리의 모든 친구
들은

공로에 따른 포상을 받게 될 것이며, 적들은 그 죄에

상응하는 처벌을 받게 될 것이오.

오, 보시오, 저걸 좀 보시오!

리어 내 불쌍한 바보*가 교살되다니.

---

* 원문은 "my poor fool"로 교살된 코딜리어를 지칭하는 것이라 보이지만,
이 말은 극 초반에 등장하던 광대(fool)를 연상케 한다. 엘리자베스 시대에
당시 연극은 어린 딸 코딜리어의 역할과 광대의 역할을 모두 어린 소년이
맡았을 것이고, 둘 다 리어 왕이 사랑하고 의지하던 상대였으므로, 정신이
혼미한 리어 왕이 둘 다를 부르고 있다고도 볼 수 있다.

이제는 더 이상, 영영, 생명이 없구나!

저기 개도, 말도, 쥐도 다 생명이 붙어 있는데

왜 너만은 숨을 쉬지 않느냐? 이제 다시는 돌아오지

않는 것이냐?

다시는, 다시는, 다시는, 다시는, 다시는!

이 단추를 좀 풀어 주게. 고맙네.

이것이 보이는가? 이 아이를 좀 보게. 보라고! 이 애의

입술!

여기를 보게! 여기를 봐!

(죽는다)

에드거   기절하셨다! 폐하, 폐하!

켄트   터져라, 가슴아. 제발 터져 버려라!

에드거   눈을 떠 보십시오, 폐하.

켄트   그분의 혼을 괴롭히지 말게.

　오, 편안히 보내 드립시다.

　그분은 이 냉혹한 세상이라는 형틀 위에서

　자신을 더 오래 묶어 두려는 이를 반기지 않으실 겁

　니다.

에드거   정말로 돌아가셨습니다.

켄트   이토록 오래 견뎌 내신 것이 용하지요.

그분께서 스스로 목숨을 내놓으신 겁니다.

올버니　두 분의 유해를 모시고 나가라.

우리가 맞은 이 일은 모두의 슬픔이다.

(켄트와 에드거에게) 내 영혼의 친구인 두 분은

이 왕국을 다스리시며, 이 상처 입은 나라를 치유해 주

십시오.

켄트　저는 머지않아 곧 세상을 떠날 몸입니다.

제 주인이 부르시니 거절할 수가 없습니다.

에드거　이 슬픈 시대의 무게를 감내하지 않을 수 없습

니다.

우리가 해야 하는 말이 아니라 우리가 느끼는 바를

말해야 할 것입니다. 가장 연로하신 분이 가장 괴로움

을 겪으셨으니,

젊은 우리들은 그렇게 많이 겪지도, 그렇게 오래 살지도

못할 것입니다.

(장송곡과 함께 모두 퇴장)

우리는 왜 지금 《리어 왕》을 읽어야 하는가

《리어 왕》의 세계는 '없음(nothing)'의 세계이다. 이 세계에는 정의가 부재하고, 신의 섭리도 자비도 없으며, 벌어지는 사건에는 의미가 없다. "장난꾸러기 애들이 파리를 다루듯 신들이 인간을 다루고 장난 삼아 죽인다."라는 글로스터의 절망적인 대사처럼, 《리어 왕》에서 신은 인간사에 무심하고 무관심하다. 악인들은 모두 죄의 대가를 받지만 선한 자들 역시 고통을 받고 죽어 나가며, 악의 힘은 너무나 강력해 보이는 반면 선의 힘은 너무나 무력해 보인다. 이러한 《리어 왕》의 세계는 배은망덕과 배신이 판을 치고 질서가 무너진 어지러운 세상이다. 이 세계에서는 부녀 관계와 부자 관계가 끊어지고 깨지며, 주인과 하인의 관계도, 형제와 자매의 관계도 어그러지고 빗겨 나간다.

이처럼 《리어 왕》은 셰익스피어 비극 가운데서도 가장 고통스러운 분노와 슬픔으로 가득 찬 극이다. 그래서 결말 부분이 코딜리어의 군대가 승리하고 악한 두 딸이 처벌받으며, 리어가 코딜리어와 에드거의 결혼을 축복하며 함께 행복하게 사는 것으로 개작되어 무대에 올려진 역사도 있을 정도다. 실제로 이 개작은 18세기까지 받아들여졌는데, 그 이유는 일부 평자들의 지적처럼 극에 삽입된 몇몇 장면들, 예를 들어 글로스터의 눈알을 뽑는 장면이나 코딜리어와 리어 왕이 죽는 마지막 장면이 불필요하게 폭력적이며 잔인한 처사로 비춰졌기 때문이다. 그러나 이 극에 대한 부정적인 평가와 잔혹함에 대한 지적은 결국 셰익스피어 비극 《리어 왕》을 지금 이 시대에 새롭게 다시 읽어야 할 이유를 제시하는 것에 다름 아니다. 우리는 붕괴된 질서와 어지러운 세상에 내던져진 '파리'만도 못한 인간 존재의 무상함을 슬퍼하기 위해서 이 극을 읽는 것이 아니라, 오히려 지금의 시대가 병폐와 어둠에 싸인 이 극의 무대와 다를 바 없음을 자각하고 인정하기 위해 《리어 왕》을 읽어야 한다. 사회에 만연한 악에 대

항해 어떻게 어렵게 이겨 나가는지 《리어 왕》이 절절히
보여 주기에, 우리는 이 한 조각의 날카로운 패러독스와
지혜를 우리 시대의 악과 싸우는 데 사용해야 한다.

여기 늙은 왕이 딸들 앞에 서 있다. 잔인하게 슬픈 드라
마 《리어 왕》의 시작이다. 노왕 리어는 자신이 국사를 돌
보고 나라를 걱정하기에는 늙고 지쳤으니 이 땅과 왕권
을 '나누어' 딸들에게 물려주고, 자신은 편안하게 돌봄을
받으며 여생을 보내겠다고 선언한다. 비극의 시작이다.
이 갑작스러운 결정과 신속한 집행은 그의 왕국의 안정
과 조화를 한순간에 뒤흔든다. 그가 저지른 실수, 결국은
그를 죽이고 선한 코딜리어마저 죽이게 될 리어의 비극
적 실수(hamartia)의 첫 번째는 이 갑작스럽고 불가능한
'나누기'에서 비롯된다. 리어는 자신의 권력을 넘겨주고
대신 호위 기사 백 명을 부양받으며 '명목상' 왕으로 남
겠다고 한다. '왕'으로서의 일과 의무는 그만두지만 왕이
가지는 권력과 위엄은 갖겠다는 것이다. 이런 터무니없
는 결정과 함께 "너희들 중 누가 가장 짐을 사랑한다 말
하겠느냐?"라는 그의 질문은 딸들로 하여금 손쉽게 과장
과 허위에 찬 찬사를 바치도록 이끈다. 리어의 첫째 딸인
거너릴과 둘째 딸 리건은 적당히 아부가 섞여 듣기 좋은

대답을 내놓는다. 그러나 자신이 가장 사랑하던 막내딸 코딜리어의 대답은 예상치 못하게도 "(할 말이) 없습니다 (nothing)."였다.

리어가 저지른 두 번째 실수는 이 'nothing'의 의미를 파악하지 못하고 잘못된 숫자 놀이에 매달려 있었다는 데에 있다. 리어는 "Nothing can come of nothing."이라고 대꾸하는데, 이는 "할 말이 없다면 받을 것도 없을 것이다." 또는 "아무것도 없음에서 아무것도 없음이 나온다."는 의미로 해석될 수 있다. 어찌되었든 리어가 코딜리어의 'nothing'을 사랑이 없음, 숫자 0과 동일시하고 있음은 확실하다. 이에 코딜리어가 계속해서 단지 "자식 된 도리에 따라" 사랑하겠노라 답하자 리어는 이제 "저 애의 몸값은 떨어졌노라(her price is fall'n)."(제1막 제1장) 고 일갈한다. 딸을 버릴 때마저 수치화된 가치를 말하는 노왕은 가장 사랑했던 딸이었으면서도, 그 딸을 이국으로 보내고 다시는 얼굴조차 보지 않겠다고 맹세한다. 이처럼 사랑마저 계량될 수 있다고 믿었던 리어의 어리석음은 그가 거너릴의 집에서 리건의 집으로 옮기려 할 때까지 계속된다. "오십 명은 스물다섯의 곱절이니 네 애정이 저년보다는 크다."라고 말하는 리어는 곧 시종이 스물다섯 명에서 열 명, 결국은 영(0) 명으로 줄어드는 모습을 보게 된다. 결국 시종은 한 명도 둘 수 없다는 딸들의 말에 리어는 가슴이 터질 듯한 분노와 배신감에 휩싸여, 그 길로 폭풍우가 몰아치는 황야로 달려 나간다.

황야로 나간 리어는 말 그대로 스스로 'nothing'이 되어 맨머리와 맨몸으로 대자연의 폭우와 돌풍과 맞선다. 극의 시작에선 존경을 받는 한 나라의 왕이자 세 딸을 둔 아버지였으나, 이제 그는 왕의 자리도, 아버지의 자리도 잃은 채 아무것도 아닌 존재(nothing)가 되어, 의복대신 야생초로 몸을 가린 채 인간 본연의 무(nothing)의 상태로 되돌아가게 된 것이다.

아무것도 아닌 존재가 된 리어의 곁을 지키는 이들 또한 세간의 시선으로 보면, 아무것도 아닌 존재들인 거지와 광인들이다. 배다른 동생의 모략으로 아버지의 군사에게 쫓기는 에드거는 미친 거지 톰으로 변장한 채 미쳐가는 리어의 곁에 머물고, 에드거의 아버지 글로스터는 맹인이 되어 들판을 떠돌다 리어와 조우한다. 궁정의 어릿광대는 곁에서 리어의 슬픔을 익살로 위로한다. 통상적으로 광인과 비슷한 취급을 받았던 바보 광대와 미친 거지, 맹인에게 위로 받으며 조금씩 정말로 미쳐 가는 노왕의 비참한 상황. 세상이 사람들을 바보나 미치광이, 거지, 맹인으로 몰고 간다면, 그것은 사회 질서가 붕괴되고 비정상이 정상의 자리를 차지해 버렸음을 의미한다. 그러므로 《리어 왕》에 나타나는 인간들의 비정상적인 상태들은 '사회의 분열과 자연의 혼란'을 상징한다고 볼 수 있다. 실제 자연의 혼란은 황야와 왕국을 덮친 폭풍우의 이미지를 통해 극중에 나타나며, 리어의 내부에는 "가슴속의 폭풍우"와 광기로 나타난다. 광인들과 맹인이 상징하는 세상은 무질서하고 어지러운 세상이다. 이곳은 글로스터의 대사처럼 병든 세상이며 그 병증은 "미치광이가 장님을 인도하는 것"(제4막 제1장)으로 나타난다.

그러나 이 극이 놀라운 것은 "미치광이가 장님을 인도하는" 행위에 숨겨진 가치와 가능성에 주목한다는 데에 있다. 바보 광대의 일침과 미친 거지 톰과의 대화, 그리고 바닥까지 추락한 자신의 상황은 오히려 리어에게 깨우침과 자기 성찰의 기회를 제공하기 때문이다. 광기에 빠진 채 들판을 헤매던 리어는 집이 없어 서러운 빈곤층의 현실을 깨닫게 되고 당대의 기득권층을 비판할 뿐 아니라, 자신이 아닌 타인의 처지를 이해하고 공감하며 자비를 베푸는 법을 배우게 된다. 전에는 동료는커녕 같은 인간으로조차 생각지 못했던 광대가 추위에 떠는 모습을 보고 동정심을 보이는 장면은 리어의 의식이 성장했음을 보여 준다. 그는 자신의 분노와 슬픔을 넘어 전 인류의 슬픔을 껴안을 수 있게 된 것이다.

이때 우리가 주목하게 되는 것은 "광기에 내재된 이성(Reason, in madness!)"(제4막 제6장)이다. 정상인이 보기엔 미쳐도 단단히 미친 것 같은 이가, 한참은 모자라 보이는 바보스러운 이가 보여 주는 날카로운 이성과 올바른 판단력, 그리고 타인에 대한 교감 능력과 자비심은《리어왕》을 읽는 또 다른 키워드임에 틀림없다. 인간에게 가해진 억압적 환경에서 벗어나 자유롭게, 무의식적 본능이 명하는 대로 진실을 말할 수 있는 바보와 광인이 갖는 혜안이라는 패러독스. 리어는 광기에 빠져서야 비로소 현실에 대한 안목을 획득한다. 모든 것을 다 잃고서야 그의 내면의 눈은 외관을 뚫고 사물의 본질 속으로 침투해 들어간다.

본래 모든 비극은 고통받는 인간의 모습과 그 고통의 의미를 구하고자 하는 인간의 의지를 보여 주는 데 그 목적이 있다. 비극의 주인공이 자신이 겪는 고통의 의미를 깨닫게 될 때 인간 자신에 대한 진솔한 이해가 뒤따르기 때문이다. 리어 또한 고통을 통해 자기 인식에 이르고 존재의 의미를 갖게 된다고 볼 수 있다. 비록 이 극이 선한 코딜리어의 죽음과 함께 리어마저 비참한 광기의 늪에서 벗어나지 못한 채 죽음에 이르는 것으로 그치지만, 그들의 뒤에는 선한 무리인 에드거와 올버니 공작이 서 있다. 《리어 왕》에 그려진 고통과 악, 그리고 이를 넘어 어렵게 성취되는 선의 승리와 자기 인식은 곱씹어 볼수록 여전히 우리에게 소중한 가치로 남는다.

| 작가 연보 |

1564년　잉글랜드 중부에 위치한 스트랫퍼드 어폰 에이번 (Stratford-upon-Avon)에서 아버지 존 셰익스피어(John Shakespeare), 어머니 마리 아덴(Mary Arden) 사이에서 8남매 중 셋째, 장남으로 태어 났다. 당시 셰익스피어의 가정은 비교적 유복해 풍요로운 소년 시절을 보냈다.

1575년　문법 학교에서 문법, 논리학, 수사학, 문학 등을 배웠다. 특히 성서와 더불어 오비디우스의 《변신》은 셰익스피어에게 상상력의 원천이 되었다.

1577년　가운이 기울어 학업을 중단했다.

1582년　여덟 살 연상인 앤 해서웨이(Anne Hathaway)와 결혼했다.

1583년   5월 첫아이 수잔나(Susanna)가 태어났다.

1585년   2월 이란성 쌍둥이 아들 햄닛(Hamnet)과 딸 주디스(Judith)가 태어났다. 1582년 이후 7~8년간 고향을 떠나 떠돌아다녔는데, 이 기간 동안 그가 어디서 무엇을 했는지 명확한 기록으로는 남아 있지 않다.

1593년   장시 《비너스와 아도니스》를 발표했다.

1594년   장시 《루크리스》를 발표했다. 《비너스와 아도니스》《루크리스》이 두 편의 장시로 그는 시인으로서의 명성을 확립했다. 런던 연극계를 양분하던 궁내부 장관 극단의 전속 극작가가 되었다.

1595년   《한여름 밤의 꿈》이라는 낭만 희극을 상연하여 호평을 받았다.

1596년   아들 햄닛이 사망했다.

1599년   궁내부 장관 극단이 템스강 남쪽에 글로브 극장(The Globe)을 신축했다.

1609년   《셰익스피어 소네트》를 출간했다.

1616년   4월 23일 사망했다. 고향의 홀리 트리니티(Holy Trinity) 교회에 안장되었다.

| 셰익스피어의 작품 |

윌리엄 셰익스피어는 희곡 37편, 장시 2편, 소네트(14행시) 154편을 남겼다. 그중 그의 희곡 작품들은 상연 연대에 따라 4기로 구분된다.

제1기(1590~1594) : 습작기, 주로 사극과 희극 집필

1590~1591년	《헨리 6세 2부 · 3부》
1591~1592년	《헨리 6세 1부》
1592~1593년	《리처드 3세》《실수의 희극》
1593~1594년	《타이터스 · 앤드로니커스》
	《말괄량이 길들이기》

제2기(1595~1600) : 성장기, 낭만 희극의 시기

1594~1595년	《베로나의 두 신사》《사랑의 헛수고》
	《로미오와 줄리엣》
1595~1596년	《리처드 2세》《한여름밤의 꿈》
1596~1597년	《존 왕》《베니스의 상인》

1597~1598년	《헨리 4세 1부 · 2부》
1598~1599년	《헛소동》《헨리 5세》
1599~1600년	《율리우스 카이사르》
	《뜻대로 하세요》《십이야(夜)》

제3기(1601~1608) : 원숙기, 비극의 시기

1600~1601년	《햄릿》《윈저의 즐거운 아낙네들》
1601~1602년	《토로일러스와 크레시다》
1602~1603년	《끝이 좋으면 다 좋아》
1604~1605년	《자에는 자로》《오셀로》
1605~1606년	《리어 왕》《맥베스》
1606~1607년	《안토니와 클레오파트라》
1607~1608년	《코리오레이너스》
	《아테네의 타이먼》

제4기(1609~1613) : 로맨스극(비희극)의 시기

1608~1609년	《페리클리즈》
1609~1610년	《심벨린》
1610~1611년	《겨울 이야기》
1611~1612년	《폭풍우》
1612~1613년	《헨리 8세》

더클래식 세계문학 컬렉션 미니북

33 오즈의 마법사 3 – 오즈의 오즈마 공주 | 라이먼 프랭크 바움
미국대학위원회 선정 SAT 추천도서 / 국립중앙도서관 선정 우수 번역서

34 인간 실격 | 다자이 오사무
교육과학기술부 산하 사단법인 한국교육지원회 선정 아침독서 10분 운동 필독서

35 마지막 잎새 (오 헨리 단편선) | 오 헨리
서울대학교 · 연세대학교 권장도서 / 서울시 교육청 권장도서
EBS 주최 북퀴즈 왕 선발 추천도서

36 탈무드 | 유대교 랍비
5천 년에 걸친 유대인의 지혜가 담긴 책 / 서울대학교 지정 수능필독도서
포스코 교육재단 선정 초등학교 필독도서 / 경북교육청 선정 청소년 권장도서
백인제기념도서관 교양도서

37 변신 (카프카 단편선) | 프란츠 카프카
소외된 인간이었던 작가의 갈등과 고독을 반영 / 서울대학교 추천도서 100선
명사 101명이 추천한 파워클래식

38 삶이 그대를 속일지라도 (푸시킨 시선집) | 알렉산드르 푸시킨
러시아 리얼리즘 문학의 선구자이자 러시아 국민시인 푸시킨의 대표 시선집

39 자기만의 방 | 버지니아 울프
20세기 페미니즘 비평의 선구자 버지니아 울프의 수필집
국립중앙도서관 선정 권장도서 / 서강대학교 권장도서 100선

40 크리스마스 캐럴 | 찰스 디킨스
셰익스피어와 함께 영국을 대표하는 작가 찰스 디킨스의 중편소설
'책으로 따뜻한 세상 만드는 교사들(책따세)' 권장도서

41 검은 고양이 (포 단편선) | 에드거 앨런 포
포 최고의 미스터리 세계를 보여 준 호러 문학의 걸작

42 외투 · 코 (고골 단편선) | 니콜라이 바실리예비치 고골
러시아 사실주의 문학의 지평을 연 작품

43 좁은 문 | 앙드레 지드
교육과학기술부 산하 사단법인 한국교육지원회 선정 아침독서 10분 운동 필독서

• 더클래식 세계문학 컬렉션 미니북은 계속 출간될 예정입니다.

옮긴이 한우리

중앙대학교에서 영어영문학과를 졸업하고 동 대학원에서 비평 이론 전공으로 박사과정 중에 있다. 《리어 왕》《맥베스》《로미오와 줄리엣》 등을 옮겼다.

리어 왕

초판 1쇄 펴낸 날 2023년 8월 10일

지은이 윌리엄 셰익스피어
옮긴이 한우리
펴낸이 장영재
펴낸곳 (주)미르북컴퍼니
자회사 더클래식
전 화 02)3141-4421
팩 스 0505-333-4428
등 록 2012년 3월 16일(제 313-2012-81호)
주 소 서울시 마포구 성미산로32길 12, 2층 (우 03983)
E-mail sanhonjinju@naver.com
카 페 cafe.naver.com/mirbookcompany
S N S instagram.com/mirbooks